Sönke Brandschwert

Hals in der Schlinge

Ein Kriminalroman

Sigrid Böhme Verlag

Veröffentlicht 2006 im Sigrid Böhme Verlag,
Niedernhausen (Taunus) / Deutschland
1. Auflage: 2006

Umschlaggestaltung: Böhme / Brandschwert
Satz: Böhme / Gemi s.r.o.
Druck und Herstellung: Gemi s.r.o., Prag
Made in Tschechien
ISBN-10 3-9811229-0-9
ISBN-13 978-3-9811229-0-9

www.sigrid-boehme-verlag.de

Was zum Teufel hatte Stefan in dieser abgelegenen Ecke verloren? Hier gab es absolut nichts. Die Straße endete auf einem schlammigen Parkplatz neben einem rostigen Baucontainer.

Ich versuchte durch den dichten Vorhang aus Regen Stefans Auto zu erkennen. Da war etwas in einiger Entfernung vor mir, das konnte er sein. Anscheinend war der Platz größer, als ich zunächst angenommen hatte.

Im Scheinwerferlicht sah ich direkt vor mir riesige Pfützen. Ich befürchtete, mit meinem Volvo in einem der Schlammlöcher stecken zu bleiben, wenn ich weiter fuhr. Warum zum Teufel hatte Stefan nicht einfach den ADAC angerufen? Vielleicht hatte er keine Mitgliedschaft? In dem Fall würde ich jetzt einfach meine Mitgliedskarte benutzen. Nichts in der Welt würde mich dazu bringen, meinen Wagen bei diesem Sauwetter mitten im Nirgendwo festzufahren.

Als ich mehrfach kurz hintereinander die Lichthupe betätigte, blendete ich mich selber. Der Regen war so dicht, dass er das grelle Fernlicht reflektierte. Aber es ging mir nicht darum, besser sehen zu können. Ich wollte mit dem Lichtzeichen erreichen, dass Stefan zu mir kam. Ich wiederholte das Aufblenden einige Male in halbminütlichen Abständen.

Als Stefan auch nach fünf Minuten nicht auftauchte, griff ich zum Handy.

Der Versuch eines Anrufs scheiterte: Ich bekam kein Signal. Verdammt. Ich musste wohl oder übel aussteigen. Die Alternative wäre gewesen, einfach wegzufahren. Aber Stefans E-Mail war eindeutig gewesen. Wir wollten uns hier treffen, und ich sollte ihn abschleppen. Er musste also da sein.

Ich mochte es nicht, Dinge zu tun, zu denen ich keine Lust hatte. Um genau zu sein, hasste ich es. Und hinaus in diesen strömenden Regen zugehen, darauf hatte ich definitiv keine Lust. Wenn ich Stefan nicht so lange gekannt hätte...

Hätte ich gewusst, was mir bevorstand, dann wäre ich nach der Arbeit erst nach Hause gefahren, um mir etwas Passenderes anzuziehen.

Vom Rücksitz zerrte ich meine blaue Regenjacke und zog sie umständlich an. Sie würde wenigstens den oberen Teil meines

Körpers trocken halten. Bevor ich die Tür aufstieß, zog ich die dünne Kapuze weit ins Gesicht. Das Schlimmste bei Regen war, dass ich wegen der Tropfen auf der Brille kaum etwas sehen konnte. Und ohne Brille erkannte ich mit meinen neun Dioptrien fast gar nichts. Lediglich Umrisse waren noch vorhanden, und das auch nur von größeren Objekten.

Als ich den Wagen verließ, peitschte mir der Wind den Regen heftig ins Gesicht.

Ich fluchte. Stefan schuldete mir etwas. Der Abend würde auf ihn gehen.

Ich beeilte mich, die Tür zuzuwerfen, damit ich mich später nicht ins Nasse setzen musste. Dann ging ich in die Richtung des Autos, das ich für Stefans hielt. Damit lief ich genau gegen die Windrichtung. Um die Distanz schneller hinter mich zu bringen, versuchte ich zu rennen und wäre beinahe gestürzt. Ich spürte, wie mein rechter Fuß im Matsch wegrutschte, und trat schnell mit dem linken auf, um mich mit ihm abzustützen. Dabei erwischte ich offenbar die tiefste Pfütze, die der Platz zu bieten hatte, denn augenblicklich stand ich bis über den Knöchel im Wasser. Verdammt, Stefan, was hast du hier überhaupt verloren gehabt?

Während Stefans Schulden bei mir immer größer wurden, kämpfte ich mich weiter voran.

Ich bekam eine Gänsehaut, als mir eiskaltes Wasser am Hals herab rann und den Weg zu meiner Brust fand. Mit der rechten Hand versuchte ich, meinen Kragen fest zuzuhalten, damit kein Wasser mehr durchkam. Der Erfolg hielt sich jedoch in Grenzen. Rutschend und mit durchtränkten Schuhen und Socken kam ich voran.

Für einen Moment erhellte ein Blitz die Szenerie. Fast zeitgleich grollte ein gewaltiger Donner, der die Erde erbeben ließ. Augenblicklich konnte ich das Fahrzeug erkennen. Obwohl ich auch vorher keinen Zweifel daran gehabt hatte, war ich jetzt sicher, dass es Stefans Auto war. Wenige Meter davor ragte ein schmaler, hüfthoher Stock aus der Erde.

Je nasser ich wurde, umso schlechter war ich auf meinen Freund zu sprechen. Warum war er nicht ganz vorne stehen geblieben? Warum wartete ich nicht einfach im Auto? Ich hätte so lange hupen können, bis Stefan sich gerührt hätte.

Als ich nur noch wenige Schritte entfernt war, offenbarte mir der nächste Blitz, dass es sich bei dem Stock in Wirklichkeit um eine Schaufel handelte, die zu zwei Drittel des Blattes in der Erde steckte. Hatte Stefan etwa versucht, seinen Wagen freizuschaufeln? Absurder Gedanke. Ich ging an der Schaufel vorbei, und steuerte auf den dunkelgrünen Omega zu, wobei ich jedoch stolperte und mein Gleichgewicht nicht mehr halten konnte.

Platsch!

Verdammt! Das konnte Stefan gar nicht wieder gut machen!

Ich kam umständlich auf die Knie, hustete, schmeckte den lehmigen Geschmack der Brühe, würgte. Nur mit Mühe gelang es mir, mich nicht zu übergeben. Es dauerte eine halbe Minute, bevor ich in der Lage war aufzustehen. Als ich endlich wieder auf den Beinen war, blickte ich an mir herab, konnte aber nichts erkennen, weil es so dunkel war. Ich ärgerte mich, dass ich das Licht an meinem Auto nicht angelassen hatte.

Die Dämmerung war jetzt soweit fortgeschritten, dass es bald stockfinster sein würde.

Worüber war ich überhaupt gestolpert? Ich drehte mich um. Vor mir sah ich schemenhaft eine Erhöhung auf dem Boden. Sie war mir vorher nicht aufgefallen, und ragte etwa zwei Handbreit aus dem Schlamm heraus. Das unförmige Gebilde war zwei bis drei Schritte lang. Vielleicht ein alter Sack, in dem sich Müll befand? Aber dazu war er zu massiv. Egal.

Immerhin konnte es jetzt kaum noch schlimmer kommen. Dachte ich. Doch schlimmer geht immer. Der nächste Blitz zeigte es mir. Die beiden weit aufgerissenen Augen, die mich aus dem oberen Teil des vermeintlichen Sacks heraus anstarrten, ließen mir das Blut in den Adern gefrieren. Plötzlich war mir bewusst, dass der Sack in Wirklichkeit mein Freund Stefan war. Der Augenblick des Lichts währte nur kurz, trotzdem erfasste ich im Bruchteil einer Sekunde, dass die Schädeldecke merkwürdig verunstaltet aussah. Von der Stirnmitte breiteten sich dunkle Flecken aus, die ich auch ohne gründliche Untersuchung als Blut identifizierte. Auf der anderen Seite: War das überhaupt möglich, dass sich bei diesem Dauerregen das Blut auf seiner Haut hielt? War es am Ende eine riesige, offene Wunde, die ich gesehen hatte? Ein Schauer durchzog meinen Körper, als ich plötzlich das Gesehene im Geiste mit einem gespaltenen Schädel verband.

Plötzlich fing mein Herz an zu rasen, und für einen Moment konnte ich keine Luft holen. Zu vehement war der Schock gekommen. Obwohl es längst wieder dunkel war, brannte das Bild der mich anstarrenden Augen auf meiner Netzhaut. Augen, die seltsam leer waren. In diesem dunklen, abgelegenen Nirgendwo, inmitten einer Hölle aus Regen, Schlamm, Blitz und Donner, hatte der Anblick etwas extrem Gruseliges und jagte mir eine Heidenangst ein.

Ich musste etwas tun. Meine Güte, wie viele Jahre war es her, dass ich den Erste-Hilfe-Kurs besucht hatte?

Mein Handy. Ich könnte Hilfe rufen. Ja, das war das Beste! Mit nassen und zitternden Fingern fischte ich mein Mobiltelefon aus meiner Hemdtasche. Fast wäre es mir aus der Hand gerutscht, so glitschig war alles. Als das Display nach dem ersten Tastendruck leuchtete, atmete ich auf. Zum Glück war es durch das Wasser nicht kaputt gegangen.

Ich wählte die 110. Ohne Erfolg. Ich hatte kein Netz. Verdammt. Verdammt, verdammt, verdammt!

Licht. Ich brauchte Licht, wenn ich Stefan helfen wollte. Sollte ich doch versuchen, mein Auto zu holen? Aber wenn ich dabei selber im Schlamm stecken blieb, war damit niemandem geholfen.

Doch irgendetwas musste ich tun. Ich ging in die Knie, und tastete mit meinen schlammverschmierten Händen nach seinem Gesicht. "Stefan", rief ich laut, mehrmals hintereinander. Nachdem ich die Wangen erfühlt hatte, tätschelte ich sie, während ich weiter den Namen meines Freundes rief.

Als nach einer Weile keine Reaktion kam, tastete ich vom Kopf über seine Schultern bis zu seiner linken Hand, und suchte nach der Pulsader. An verschiedenen Stellen versuchte ich, etwas zu fühlen. Keine Chance. Ich legte meine Hand auf die Stelle, die ich für seinen Bauch hielt, in der Hoffnung, dass dieser sich hob und senkte. Aber er tat es nicht. Immer wieder sagte ich seinen Namen, aber es kam keine Reaktion. Ich merkte, dass mir sehr heiß war, obwohl es recht kalt und ich völlig durchnässt war. Ich zitterte, als ob ich Schüttelfrost hatte.

Hier konnte ich nichts für ihn tun. Ich musste Hilfe holen, und das so schnell wie möglich. Meine Güte, lebte Stefan überhaupt noch? Eigentlich hätte ich vermuten müssen, dass er tot war, nachdem ich keinen Puls feststellen konnte. Aber wahrscheinlich bewirkte alleine mein Wunschdenken, dass ich davon ausging, dass Stefan noch lebte.

Mehr rutschend als gehend erreichte ich mein Fahrzeug. Jetzt verschwendete ich keinen Gedanken mehr daran, ob meine Sitze nass oder gar dreckig wurden. Ich riss die Tür auf und ließ mich hinters Lenkrad gleiten.

Nachdem ich den Motor gestartet hatte, trat ich die Kupplung durch und legte den Rückwärtsgang ein. Prompt würgte ich den Motor ab, als ich mit den nassen, aalglatten Sohlen meiner Businessschuhe von dem Pedal abrutschte. Musste denn alles schief gehen?

Ich war den Tränen nahe, vielleicht vor Wut, vielleicht vor Angst um Stefan. Der nächste Versuch gelang besser. Mit durchdrehenden Rädern hüpfte der Volvo rückwärts. In Panik gab ich viel zu viel Gas, und als ich das Lenkrad herumriss, schleuderte das Auto regelrecht um die eigene Achse.

Dann kam eine weitere Überraschung, dieses Mal zum Glück eine positive. In einiger Entfernung waren Blaulichter zu sehen, die sich schnell in meine Richtung bewegten. Da kam Hilfe! Welcher Grund auch immer sie herführte - sie würden helfen können. Vielleicht sollte ich Zeichen machen, damit sie nicht am Ende irgendwo abbogen, und mich deshalb gar nicht erst erreichten. Aber ich hatte keine Abzweigung gesehen, als ich gekommen war. Kurzerhand stellte ich den Motor wieder ab, und stieg aus. Den Regen bemerkte ich jetzt kaum mehr, obwohl er mit gleicher Intensität niederprasselte. Meine Erleichterung war einfach zu groß. Ich stellte mich breitbeinig hin und fing an, wild mit beiden Händen zu winken.

Der erste Polizist schälte sich aus dem Einsatzwagen, noch bevor er richtig angehalten hatte.

"Kommen Sie schnell", rief ich ihm zu. "Da hinten liegt ein Mann, der dringend Hilfe braucht." Dabei deutete ich mit dem Daumen hinter mich.

"Haben Sie angerufen?", fragte eine feste, klare Stimme. Das Gesicht, das zu der Stimme gehörte, konnte ich nicht erkennen, da ich plötzlich von einer Taschenlampe geblendet wurde.

"Nein, ich habe nicht angerufen. Aber da hinten liegt jemand, und ich glaube, er ist schwer verletzt! Sie müssen über Funk einen Krankenwagen rufen."

Jetzt war ein zweiter Mann hinzugekommen. Er drehte sich sofort wieder um und verschwand im Polizeiwagen. Ich vermutete, dass er den Krankenwagen rief.

Eine Taschenlampe wurde mir gereicht. "Hier, gehen Sie vor."

Mit dem Lichtkegel der Lampe vor mir fiel es mir wesentlich leichter, durch den Sumpf zu stapfen. Dafür war es umso schwieriger, Stefan anzusehen. Er sah entsetzlich aus. Die Schädeldecke war in der Mitte gespalten. Die unbeweglichen Augen schienen mir stumm den Vorwurf zuzuschreien, dass ich nicht rechtzeitig gekommen war.

Jetzt konnte ich mich dem Offensichtlichen nicht mehr verschließen. Vielleicht hatte ich es vorher schon gewusst, vielleicht hatte ich es nur nicht wahrhaben wollen. Die enorme Verletzung konnte unmöglich von einem normalen Sturz herrühren. Dies war kein Unfall gewesen. Verdammt!

Ich goss dem Hauptkommissar eine Tasse Tee ein. Die Zeit, die das Wasser zum Kochen brauchte, hatte ich zum Umziehen genutzt. Frisch gewaschen und in trockenen, sauberen Kleidern fühlte ich mich besser.

Mir genehmigte ich einen Sherry. Vermutlich hätte mir etwas Stärkeres noch besser getan, aber ich trank keinen anderen Alkohol als Sherry und Wein.

Noch immer konnte ich es nicht fassen. Stefan war erschlagen worden. Offensichtlich mit der Schaufel, die unübersehbar auf dem schlammigen Parkplatz in den Boden gerammt war. Wer tat so etwas? Und warum? Was hatte Stefan dort zu suchen gehabt? War er zufällig auf seinen Mörder gestoßen, oder hatte er eine Verabredung mit ihm gehabt?

Die Stimme des Polizisten riss mich aus den Gedanken. "Wie war Ihr Verhältnis zu dem Toten? Waren Sie Kollegen?"

"Nein, wir waren befreundet. Stefan arbeitete beim Finanzamt. Ich arbeite als Datenbankspezialist in einem Unternehmen, das europaweit Alarmanlagen verkauft."

"Freunde also. Was würden Sie sagen, wie gut Ihre Freundschaft war?"

"Wir kennen uns schon seit vielen Jahren, und es war schon eine sehr gute Freundschaft. Ich möchte nicht sagen, dass er mein bester Freund war. Es war nicht so, dass wir ständig zusammen hingen. Aber im Laufe der Jahre haben wir einander schätzen gelernt, und konnten uns immer aufeinander verlassen. Für jeden wäre ich heute Abend nicht bei diesem Wetter da hinaus gefahren."

"Sie wollten also den Wagen Ihres Freundes abschleppen?"

"Ja. Wir haben nicht über den genauen Grund sprechen können, weil er mich telefonisch nicht erreicht hatte. Deshalb hatte er mir eine Mail geschickt, in der er mich bat, dorthin zu kommen."

"Er hat Ihnen von diesem Parkplatz aus eine E-Mail geschickt?" Der Mann konnte sein Erstaunen nicht verbergen.

"Nein, natürlich nicht. Ich vermute, dass er gestern Abend oder heute Morgen dort mit seinem Wagen liegen geblieben ist. Er hat mir die Mail von der Arbeit aus geschickt. Wahrscheinlich hat er sich heute Abend von einem Kollegen oder einem Taxi dorthin bringen lassen."

"Warum hat er sich nicht von Ihnen im Büro abholen lassen? Wenn Sie ihm helfen sollten, wäre das doch naheliegend gewesen."

"Ich habe keine Ahnung. Vielleicht hat er einfach nicht an diese Möglichkeit gedacht."

"Ist es nicht seltsam, Herr Rackmann, dass er von Ihnen erwartete, ein voll funktionstüchtiges Auto abzuschleppen?"

In der Tat hatte ich noch vor Ort mitbekommen, dass die Beamten versucht hatten, Stefans Wagen zu starten. Die Spurensicherung hatte die Erlaubnis dazu erteilt, solange die Pedale nicht berührt und der Zündschlüssel nur mit Gummihandschuhen betätigt wurde.

Ohne Probleme war der Wagen angesprungen.

Natürlich hatte ich mir schon selber Gedanken darüber gemacht. Deshalb hatte ich auch sofort eine Antwort parat: "Ich nehme an, dass er stecken geblieben war, und herausgezogen werden musste. Das würde auch erklären, warum er nicht den ADAC gerufen hatte."

"Aber sagten Sie nicht, er hätte etwas von einer Panne geschrieben?"

"Ich denke, er wollte sich lediglich kurz fassen, und hat einfach das Wort Panne gebraucht."

"Würde es Ihnen etwas ausmachen, wenn wir zusammen zu Ihrem Arbeitsplatz fahren, und Sie mir die besagte Mail zeigen?"

"Jetzt?" Ich war einigermaßen erstaunt über die Frage.

"Ja, jetzt. Oder gibt es die E-Mail gar nicht?" Mein Gegenüber konnte einen anschuldigenden Ton nicht unterdrücken, obwohl er es meiner Meinung nach versuchte.

"Natürlich gibt es sie!", fuhr ich auf, ohne es zu wollen. Was glaubte der Kerl? Dass ich Stefan erschlagen hatte?

Plötzlich hatte der Polizist, dessen Namen ich schon wieder vergessen hatte, einen ganz wachsamen Blick. Mit seinen dicken Backen erinnerte er mich an eine Bulldogge, die durch das Geräusch eines Einbrechers aus dem Schlaf gerissen worden war.

"Ist Ihnen diese Frage unangenehm?", fragte er schnell und fordernd.

Er will mich zu einer bestimmten Reaktion verleiten, dachte ich. Er hat ein ganz bestimmtes Ziel. Spiel' da nicht mit. Spiel' einfach nicht mit.

Einmal tief durchgeatmet, und ich hatte mich wieder im Griff. In ruhigem Ton antwortete ich: "Nein, die Frage ist mir natürlich nicht unangenehm. Sie müssen schließlich Ihren Job machen. Und ich habe auch nichts dagegen, jetzt in mein Büro zu fahren. Ich bin nur aufgewühlt. Immerhin entdecke ich nicht jeden Tag einen toten Freund."

"Ich verstehe", gab die Bulldogge in einem Ton von sich, der verriet, dass er überhaupt nicht verstand. "Dann verlieren wir keine Zeit."

Gemeinsam mit mir stand er auf. "Aber bevor wir fahren, sagen Sie, besitzen Sie eigentlich eine Schaufel?"

Ich durchschaute den Trick. Er wollte mich wieder in Rage versetzen, warum auch immer. Ich tat ihm aber nicht den Gefallen.

"Ja. Ich habe einen großen Garten, also habe ich auch eine Schaufel", erklärte ich wie beiläufig.

"Und wo steht diese Schaufel, wenn ich fragen darf?"

Ich lächelte. "Sie dürfen sie sogar sehen, wenn Sie möchten, Herr Hauptkommissar." Mit diesen Worten lief ich zur Terrassentür und öffnete sie.

Hinter mir hörte ich die Antwort der Bulldogge: "Danach hätte ich als nächstes gefragt."

Nachdem ich den Terrassenlichtschalter betätigt hatte, fror ich mitten in der Bewegung ein. Gestern noch hatte ich die Schaufel an der Wand lehnen sehen. Doch jetzt lag nur noch der Dreck auf dem Boden, der von ihr abgefallen war. Wie konnte das sein? Es dauerte eine Sekunde, bis es mir einfiel. Mein Nachbar. Wir hatten eine Übereinkunft, dass wir ohne zu fragen die Gartengeräte des anderen benutzen durften.

Erleichtert drehte ich mich zu dem fülligen Mann in dem hellbraunen Anzug. "Mein Nachbar hat sie wohl. Wenn es Ihnen wichtig ist, können wir gerne bei ihm klingeln. Es ist zwar sehr spät, aber die Situation rechtfertigt es sicher."

Scheinbar war ich überzeugend, denn der Bluthund verlor offenbar seine Spur. "Nein, das ist nicht nötig. Dafür ist morgen auch noch Zeit. Der Ordnung halber möchte ich trotzdem gerne die E-Mail von Ihrem Freund sehen."

Ich nickte, während ich die Tür wieder schloss.

Wir nahmen den Wagen des Kriminalbeamten, um nach Frankfurt zu fahren. In den ersten Minuten der Fahrt war es still, dann fragte ich: "Wer hat Sie eigentlich angerufen?"

"Er hat keinen Namen gesagt und von einem Handy aus angerufen. Die Nummer gehört zu einer Prepaid-Karte. Ich glaube nicht, dass wir den Besitzer ermitteln können."

Ich war dankbar über seine Offenheit. Das gab mir das Gefühl, nicht der einzige Verdächtige zu sein. Irgendwer hatte gewusst, dass Stefan da lag, und die Polizei angerufen.

"Was genau hat der Anrufer denn gesagt?", wollte ich wissen.

"Sie werden verstehen, dass ich Ihnen darüber keine Auskunft gebe. Außerdem habe ich mir die Aufzeichnung des Gesprächs noch gar nicht angehört."

Zunächst hüllten wir uns wieder in Schweigen. Dann kam unvermittelt die Frage: "Sie sagten, Sie wollten losfahren, um Hilfe zu holen?"

"Ja. Mein Handy hatte keinen Empfang. Also wollte ich wenigstens soweit fahren, bis ich wieder telefonieren konnte."

"Ohne Licht?"

"Wie bitte?" Ich war überrascht, und hatte zunächst die Bedeutung der Worte gar nicht erfasst.

"Als wir kamen, waren die Scheinwerfer Ihres Fahrzeuges nicht an."

Ich dachte einen Moment nach. Tatsächlich konnte ich mich nicht daran erinnern, sie eingeschaltet zu haben. Auch nicht daran, dass ich sie wieder ausgeschaltet hätte, als die Polizei kam.

"Ich muss wohl vor Aufregung vergessen haben, sie einzuschalten."

"Ihr Motor lief nicht, als meine Kollegen bei Ihnen eintrafen."

Eine Falle. Der Bluthund hatte die Spur wieder aufgenommen. Aber ich würde mich nicht darauf einlassen. "Natürlich. Ich habe ihn wieder abgestellt, als ich die Blaulichter sah."

Die Bulldogge ließ nicht locker. "Ist Ihnen klar, dass Ihr völlig verdreckter Anzug sehr nach einem Kampf ausgesehen hat?"

Wenn ich mich bisher noch davor verschlossen hatte, dann musste ich es spätestens jetzt einsehen: Der Mann verdächtigte mich tatsächlich, etwas mit Stefans Tod zu tun zu haben. Wie absurd. Wie konnte er das annehmen? Fast hätte ich ihn angeschrieen. Im letzten Moment gelang es mir, mich zu beherrschen. "Ich bin gestolpert und der Länge nach in den Schlamm gestürzt. Zu allem Übel war es auch noch Stefans Körper, über den ich gefallen bin." Auf einmal starrten mich wieder die vorwurfsvoll dreinblickenden Augen an, verurteilten mich. Ich war benommen und schloss für einen Moment die Augen. Verdammt.

Wie durch einen Schleier hörte ich die Stimme des Hauptkommissars: "Das wird schwer nachzuprüfen sein. Der Regen macht alle Spuren zunichte."

Er glaubte mir nicht. Ich versuchte, mich in seine Lage zu versetzen. Was würde ich an seiner Stelle glauben?

"Ich weiß, dass für Sie alles etwas merkwürdig aussehen muss", sagte ich ziemlich leise. "Ich habe auch keine Erklärung für das, was geschehen ist. Ich weiß nicht einmal, was Stefan dort verloren hatte. Aber es hat sich alles genauso zugetragen, wie ich es gesagt habe."

"Wir werden sehen", war seine knappe Antwort.

Nach einer Weile kam die nächste Frage: "Sagen Sie, wie viel verdient ein Datenbankspezialist?"

"Ich verdiene nicht schlecht. Warum?"

"Ihr großes Haus muss eine Menge kosten. Ich könnte es mir nicht leisten."

"Ich habe es geerbt. Meine Eltern sind vor acht Jahren gestorben."

Den Rest des Weges verbrachten wir schweigend. Ich hatte die ganze Zeit über ein flaues Gefühl im Magen, und konnte kaum klar denken. Meine Gedanken schwirrten im Kreis, immer wieder von Stefan zu dessen E-Mail, zu seinem Auto, über die im Schlamm steckende Schaufel zu dem Polizisten, der mich offenbar verdächtigte, und wieder zurück zu Stefan. Es war ein Gefühl, als ob ich mich in einem schlimmen Traum befinden würde, und einfach nicht aufwachte.

Als wir vor dem Bürogebäude in der Lyoner Straße hielten, stieg ich wie in Trance aus. Obwohl ich sämtliche Türen persönlich aufsperrte, war ich mir des Weges zu meinem Arbeitsplatz im vierten Stock nicht bewusst. Ganz automatisch schaltete ich Computer und Monitor ein, identifizierte mich mit Benutzernamen und Passwort, und startete Outlook.

Es gab zwei ungelesene E-Mails. Eine war vom Geschäftsführer, die andere von meiner Ex-Freundin Sandra. Der Betreff ihrer Mail ließ mein Herz für eine Sekunde aussetzen, denn er lautete: Stefan.

Meine Augen wanderten zu den bereits gelesenen Mails hinab. Wo war Stefans Nachricht? Ich scrollte weiter nach unten. Keine Mail von Stefan. Ich scrollte noch weiter. Bei den Mails vom Vortag angekommen wurde mir bewusst, dass ich Stefans Mail übersehen haben musste. Also wieder raufscrollen. Keine Mail von Stefan. Wieder an den Anfang, und alles noch einmal durchsehen. Meine Hand begann zu zittern. Verdammt, konzentrier' dich! Wann war die Mail gekommen? Ich sah die Uhrzeiten der eingegangenen Mails durch. Meine Augen wanderten über die in Frage kommenden Mails. Noch einmal. Und noch mal.

Als ich endlich begriff, dass die Mail nicht mehr da war, krampfte sich mein Magen zusammen. Mir wurde so schlecht, dass ich mich fast übergeben musste. Wahrscheinlich hatte ich sie gelöscht. Aber ich löschte keine Mails, außer Spam-Mails. Ältere Mails verschob ich in einen anderen Ordner, um bei den aktuellen noch den Überblick zu behalten. Aber ich löschte keine. Niemals. Vielleicht hatte ich sie versehentlich mit irgendwelchen Spam-Mails gelöscht? Verdammt.

Ich konnte auch nicht im digitalen Papierkorb nachsehen. Mein System war so eingestellt, dass sich dieser beim Beenden des Programms automatisch leerte.

"Na", drang die Stimme des Polizisten an mein Ohr. "Ist die Mail auf sonderbare Weise verschwunden?"

Der ironische Unterton war nicht zu überhören.

Die Erkenntnis, dass Stefans Mail nicht mehr da war, traf mich wie ein Faustschlag. Das ungute Gefühl in meiner Magengegend verstärkte sich noch. Was ging hier vor? Ich war mir sicher, heute überhaupt keine Mails gelöscht zu haben. Es waren keine Werbe-Mails hereingekommen. Ungewöhnlich genug. Aber gerade deshalb konnte ich mich daran erinnern.

"Ich...", begann ich zögernd. "Ich weiß nicht, was ich sagen soll."

"Sagen Sie mir einfach, wie es ist." Das Bulldoggengesicht war mir erwartungsvoll zugewandt.

"Sie... sie ist weg. Ich kann mich nicht daran erinnern, sie gelöscht zu haben, aber ich muss es wohl getan haben."

"Mal ganz ehrlich, halten Sie das für glaubwürdig? Ich meine, wenn Sie an meiner Stelle wären?"

"Nein", gab ich zu, und war von meiner Erkenntnis erschüttert. "Nein, ich halte es nicht für glaubwürdig."

Die Bulldogge überraschte mich, indem sie sagte: "Sehen Sie, ich auch nicht. Und genau das ist der Grund, warum ich Ihnen im Moment glaube. Sie machen auf mich keinen dummen Eindruck. Aber eine E-Mail als Beweis anzugeben, von der Sie von vornherein wissen, dass sie nicht existiert, wäre sehr dumm."

Ich sah in seine Augen und hatte das Gefühl, dass er es ernst meinte. Mir wurde schwindelig vor Erleichterung, als die enorme Anspannung jäh von mir abfiel. Ich war zu keiner Antwort in der Lage, und so sahen wir uns schweigend einige Sekunden an.

"Aber da gibt es noch etwas, was mich interessieren würde", fing er die Konversation erneut an. "Und das ist diese Mail, deren Betreff den Namen Ihres toten Freundes trägt."

Wieder war ich überrascht, dieses Mal aber nicht positiv. "Es ist eine private Mail. Sie ist von meiner Ex-Freundin." Ich wusste nicht warum, aber ich spürte, wie meine Ohren heiß wurden.

"Sie möchten also lieber vor mir verheimlichen, was in dieser Mail steht?"

"Nein", entfuhr es mir, "natürlich nicht! Warum sollte ich?"

"Sie wissen, dass ich im Moment kein Recht darauf hätte, ihre Mails zu lesen."

War das tatsächlich so? Ich wusste es nicht. Es war auch egal, denn die Bulldogge verstand es vorzüglich, mir das Gefühl zu geben, mich verteidigen zu müssen. Ohne ein Wort zu sagen öffnete ich die Mail. Unter normalen Umständen wäre ich sehr neugierig auf den Inhalt gewesen, denn ich hatte seit bestimmt drei Monaten nichts mehr von Sandra gehört. Jetzt empfand ich die Mail eher als eine Last. Umso mehr, als ich den kurzen Inhalt las:

Hallo Uwe

ich bin nicht mehr mit Stefan zusammen. Wollte nur, dass du das weißt. Würde mich freuen, wenn du dich mal meldest.

Küsschen

Sandra

Hauptkommissar Jaquelles, dessen Name mir urplötzlich wieder einfiel, zog erstaunt die Augenbrauen hoch. "Sie war mit Stefan zusammen?"

Da ich mir über die Bedeutung meiner Worte nicht klar war, antwortete ich: "Sie hat mich wegen Stefan verlassen."

Der Bulldogge wären fast die Augen ausgefallen, so sehr weiteten sie sich. Augenblicklich wurde mir klar, wie er meine Worte interpretiert haben musste.

"Nicht der Stefan", sagte ich hastig. "Es war ein anderer Stefan!"

Für einen Moment blieb der Hauptkommissar noch angespannt, dann erschlafften die Muskeln in seinem Gesicht. Noch eine Sekunde lang schien er darüber nachzudenken, ob er mir glauben sollte oder nicht. Dann brach er die Stille: "Ich fahre Sie jetzt nach Hause. Sie sollten sich morgen einen Tag frei nehmen. Ich rufe Sie am Nachmittag noch einmal an. Vielleicht komme ich zu Ihnen. Wahrscheinlicher ist aber, dass ich Sie bitten werde, aufs Revier zu kommen."

"Danke", antwortete ich, und stand auf.

"Sie sollten den Computer herunterfahren", erinnerte mich der Polizist.

Ich war so durcheinander, dass ich die einfachsten Dinge nicht mehr wahrnahm.

Bevor wir gingen, fuhr ich also den Rechner herunter, und schaltete den Monitor ab.

Als ich zuhause die Tür hinter mir schloss, überkam mich ein trügerisches Gefühl der Sicherheit. Die Bulldogge hatte mich nicht festgenommen, und hier, in den eigenen vier Wänden, konnte mir nichts passieren. Was auch? Ich hatte doch nichts getan. Und doch beschlich mich das unangenehme Gefühl, in etwas sehr Schlimmes hineingeraten zu sein. Verdammt!

Ich ging in die Küche und holte den Sherry aus dem Kühlschrank. Schnell hintereinander genehmigte ich mir zwei Gläser. Was sollte ich jetzt tun? Schlafen konnte ich nicht.

Wie sollte ich meinen unschuldigen Kopf aus der Schlinge des Schuldigen ziehen?

Zuerst musste ich die Schaufel von meinem Nachbarn holen, dann musste Sandra der Polizei erzählen, dass sie mit einem anderen Stefan zusammen war. Beides würde kein Problem sein. Den Nachbarn würde ich gleich morgen früh fragen. Morgen? Ich sah auf die Uhr: fünf Minuten nach Mitternacht. Also heute früh.

Ich goss mir einen dritten Sherry ein, stellte die Flasche auf den Wohnzimmertisch, und ließ mich auf die cremeweiße Couch fallen. Sollte ich Sandra jetzt anrufen? Sie würde es verstehen, wenn ich ihr den Grund erklärte.

Während ich an meinem Sherry nippte, stand ich auf, um zum Telefon zu gehen. Noch bevor ich es erreicht hatte, kam es mir zuvor: Es klingelte. Der Hauptkommissar, schoss es mir durch den Kopf. Wer außer ihm würde mich in der Nacht belästigen? Wahrscheinlich war der Bulldogge noch eine Frage eingefallen, mit der sie mich in die Enge treiben konnte.

"Rackmann", meldete ich mich.

"Hi Süßer", tönte Petras schmeichelnde Stimme in mein Ohr. "Ich habe Sehnsucht nach dir."

Petra war meine aktuelle Freundin. Oder auch nicht. Ich wusste es selber nicht genau. Wir hatten eine ganz merkwürdige Beziehung. Sie war eine Frau, die ihre Freiheit brauchte. Wenn ihre wundervollen Augen zu einem bezaubernden Lächeln erstrahlten, die Hüften ihres wohlgeformten Körpers sanft beim Gang wiegten, und ihr Sexappeal von der betonenden, dabei aber nicht billig wirkenden Kleidung noch unterstrichen wurde, raubte sie den Männern reihenweise den Verstand.

Als wir uns auf einer Party bei Heiko kennen gelernt hatten, war gerade erst Schluss mit Sandra gewesen. Deshalb war ich überhaupt nicht offen für andere Frauen gewesen. In Bezug auf

Petra war das sicher mein Glück, denn im Gegensatz zu den meisten Solomännern auf der Party umschwärmte ich sie nicht unentwegt. Wohl hatte ich ihre freche, kokettierende, aber stets charmante Art bemerkt, mit der sie ausgiebig flirtete. Ich beobachtete, wie sie die Männer neugierig machte, aber im letzten Moment immer wieder auf Abstand ging. Auch hatte ich den einen oder anderen Blick von ihr erhascht, den sie mir zuwarf.

An dem Abend hatte ich mich in tiefe Gespräche mit Sebastian und Heiko geflüchtet, um nicht an Sandra denken zu müssen. Erst als ich spät nachts heimgekommen war, merkte ich, dass Petra mir irgendwie nicht aus dem Kopf ging.

"Habe ich dich aufgeweckt?", riss sie mich aus meinen Gedanken.

"Nein, Petra. Entschuldige bitte. Heute ist etwas Schreckliches passiert. Ich bin nicht in der Verfassung, ein guter Gesellschafter zu sein."

"Was ist denn geschehen?"

"Stefan Mannsdorf ist tot. Es sieht so aus, als sei er umgebracht worden." Nein, es sah nicht nur so aus, korrigierte ich mich in Gedanken.

"Oh nein!" Sie schien ziemlich schockiert zu sein. Sie kannte Stefan schon länger als mich, wenn ich auch nicht genau wusste, wie lange schon. Stefan hatte auf entsprechende Fragen immer ausweichend geantwortet. Das brachte mich auch zu meiner nächsten Frage, die ich ihr eigentlich niemals stellen wollte. Doch bevor ich nachdenken konnte, hatte ich die Worte schon ausgespuckt: "Hattest du mal was mit ihm?"

Ich hätte mich ohrfeigen können. Ich wollte mich entschuldigen und die Frage zurücknehmen, doch ihre Antwort kam schneller.

"Nein, Uwe, hatte ich nicht. Ich fand ihn anfangs ganz nett, und er war lange Zeit hinter mir her. Ich glaube, ich habe es viel zu spät gemerkt. Aber als es mir dann klar wurde, hatte ich sofort Abstand genommen. Es gab genügend Dinge, die ich nicht an ihm mochte."

Nahm sie mir die Frage krumm? Ihr Tonfall war absolut neutral, nichts deutete darauf hin, dass sie böse war.

"Entschuldige bitte die Frage", sagte ich.

"Da gibt es nichts zu entschuldigen, Uwe. Ich habe nie gesagt, dass du mir keine Fragen stellen darfst. Und du wirst auch immer eine offene Antwort von mir bekommen." Auch hierbei war kein ärgerlicher Unterton. Dennoch glaubte ich ihr nicht wirklich.

Ich hatte einmal nach ihrer Beziehung zu einem Mann gefragt, mit dem sie in meinem Beisein sehr animierend geflirtet und zweideutige Späße gemacht hatte. Die beiden schienen, als würden sie seit Jahren zueinander gehören. Zunächst hatte ich mir vorgenommen, nicht danach zu fragen. Innerlich völlig zerrissen und aufgewühlt hatte ich den Unbelasteten gespielt, und einfach mitgescherzt. Am späten Abend sind wir dann zu ihr gefahren. Sie sagte mir, wie glücklich sie darüber sei, dass sie sich in meiner Gegenwart nicht zu verstellen brauchte. Als Antwort hatte ich sie geküsst, und die Sache für diesen Abend auf sich beruhen lassen.

In der Tat hatten wir eine der schönsten Nächte miteinander verbracht, seitdem wir uns kannten. Doch am nächsten Morgen konnte ich mich einfach nicht mehr zurückhalten. Noch immer einen Stich im Herzen spürend, wenn ich an die fast intime Verbundenheit der beiden dachte, hatte ich sie gefragt, wie tief ihre Beziehung zu Tom eigentlich war.

"Tief", hatte sie knapp geantwortet. Die nächsten acht Tage darauf hatte sie keine Zeit für mich gehabt. Das hatte sie damit begründet, dass ein guter Freund von ihr große Probleme hatte, und sie ihm helfen musste.

Ich hatte geduldig gewartet und sie nicht bedrängt. Danach war alles wieder wie zuvor gewesen. Im Gegenteil: Sie hatte mir erklärt, wie sehr sie mich dafür bewunderte, dass ich so gut mit ihr klar kam. Ich wäre der erste gewesen, der ihr nicht spätestens am dritten Tag irgendwelche ungerechtfertigten Vorwürfe gemacht hätte. Wohlweißlich behielt ich es für mich, wie nahe ich daran gewesen war, es ebenfalls zu tun. Auch sagte ich nicht, wie schwer es mir fiel, die Dinge so hinzunehmen, wie sie waren. Wie oft lag ich nachts im Bett und überlegte, was sie wohl gerade mit dem Mann anstellte, mit dem sie sich treffen wollte. Meistens hatte sie mir später erzählt, was sie unternommen hatten, und gab mir dabei stets das Gefühl, dass alles in einem vertretbaren Rahmen abgelaufen war. Für den Moment war ich dann immer beruhigt gewesen, aber nur bis zum nächsten Mal.

Das größte Problem, was sich mir stellte, war ganz eindeutig: Ich hatte mich so sehr in sie verliebt, dass ich nicht mehr von ihr los kam. Daher versuchte ich zunächst alles zu tun, um sie zu behalten, auch wenn wir bisher niemals darüber gesprochen hatten, dass wir offiziell zusammen sind.

Abermals riss ihre sanfte Stimme mich aus den Gedanken: "Soll ich zu dir kommen, Uwe?"

"Ich glaube nicht, dass das eine gute Idee wäre. Ich bin in einer entsetzlichen Gemütsverfassung, Petra. Es wäre anders als sonst."

In der Tat waren alle bisherigen Treffen sehr unbeschwert gewesen, und hatten fast immer mit einer ausgiebigen, erotischen Nacht geendet. Das würde ich ihr heute nicht bieten können.

"Sag' mir, dass es dir besser geht, wenn du alleine bist, und ich lasse dich in Ruhe." Nach einer kurzen Pause fügte sie hinzu: "Ich meine das ehrlich, und bin dir auch nicht böse."

Was sollte ich sagen? War ich wirklich lieber alleine? Nein, ganz sicher nicht. Aber ich wollte sie auch nicht in diese Sache hineinziehen. Und mochte sie mich nicht letzten Endes deswegen, weil ich ihrer Meinung nach mit allen Dingen so souverän klar kam?

Nachdem ich das bemerkt hatte, war ich überzeugt gewesen, dass es besser sei, ihr nicht alle meine Gefühle offen zu zeigen. Auf diesem Standpunkt beharrte ich auch jetzt, und sagte: "Petra, im Moment bin ich wirklich lieber alleine."

"Das habe ich mir schon gedacht. Wenn du mich brauchst, ruf' mich an. Egal wann, egal wo. Du weißt, du kannst dich immer auf mich verlassen."

Im Hintergrund hörte ich, dass ihr Handy klingelte.

"Ich weiß. Danke, Petra."

"Ich drück' dich ganz fest." Dann legte sie auf, und ging vermutlich an ihr Mobiltelefon.

Ich trank meinen Sherry aus und füllte das Glas sofort wieder. Fast hätte ich etwas verschüttet, als mich das Telefon erneut mit einem Klingeln erschrak. In der Stille der Nacht kam es mir vor wie die Sirene der Feuerwehr.

Nachdem ich mich mit Namen gemeldet hatte, hörte ich die Stimme der Bulldogge: "Können Sie nicht schlafen, Herr Rackmann?"

Ich empfand die Frage als Frechheit, und fühlte mich sofort angegriffen.

"Könnten Sie schlafen, wenn gerade ein guter Freund von Ihnen umgebracht worden ist?", blaffte ich ihn an.

"Vermutlich nicht", kam die offenbar ehrliche Antwort. "Aber deswegen rufe ich auch nicht an. Herr Rackmann, sagen Sie, als Sie die E-Mail von Stefan Mannsdorf bekommen haben, haben Sie darauf geantwortet und ihm Ihrerseits eine Mail geschickt?"

"Nein, leider nicht. Es hätte zu der Zeit in meinen Augen keinen Sinn gemacht, da er sie kaum vor unserem geplanten Treffen gelesen hätte."

"Tja, Herr Rackmann, was soll ich sagen? Wir haben den Computer ihres Freundes hier. Und in seinem Postfach ist eine E-Mail von Ihnen zu finden. Eine Mail, in der Sie ihn zu einem Treffpunkt bestellen. Ich denke, ich brauche Ihnen nicht zu sagen, um welchen Treffpunkt es sich dabei handelt."

Schweigen. Ein lautes Hämmern in meinen Schläfen. Mein Herz raste. Wie konnte das sein? Unmöglich! Aber warum sollte der Polizist so etwas erfinden? Durfte die Polizei lügen, um an ein Geständnis zu kommen?

"Herr Jaquelles, wenn das ein Scherz sein soll, dann ist er nicht sehr komisch", machte ich einen Versuch.

"Ich muss Sie enttäuschen, es ist leider kein Scherz. Die Nachricht ist eindeutig von Ihrem Firmenaccount geschickt worden. Sie können sich also nicht erklären, wie es zu dieser Mail gekommen ist?"

"Nein, verdammt, ich habe ihm keine Mail geschrieben!"

Schweigen. Da ich nichts zu sagen wusste, wartete ich stumm und schwitzend. Dann kam die nächste Frage, die mich beinahe noch mehr traf: "Ihre Schaufel. Haben Sie in den Stiel Ihren

Namen mit einem Lötkolben eingebrannt? Etwa auf halber Höhe?"

"Ja", flüsterte ich, "das habe ich."

Augenblicklich wurde mir klar, dass die Schaufel, mit der Stefan erschlagen worden war, ebenfalls meinen Namen an gleicher Stelle aufweisen musste. Woher sollte die Bulldogge diese Information sonst haben?

"Herr Rackmann, waren Sie schon mal in psychiatrischer Behandlung?"

"Nein", schrie ich jetzt. "Ich war noch nie bei einem Seelenklempner. Meine Schaufel hat bestimmt mein Nachbar, und diese gottverdammte Mail habe ich auch nicht geschrieben!" Oder hatte ich doch? Wurde ich verrückt? Hatte ich Dinge getan, von denen ich nichts mehr wusste?

"Herr Rackmann, bitte bleiben Sie, wo Sie sind. Ich bin in zwanzig Minuten bei Ihnen. Haben Sie verstanden?"

"Natürlich", sagte ich leise. Dann legte ich auf.

Verdammt. Verdammt, verdammt, verdammt.

Was sollte ich tun? Wie konnte ich beweisen, dass ich diese Mail niemals geschrieben hatte? Aber wer konnte sie sonst geschickt haben? Zu meinem PC im Büro hatte niemand das Passwort. Und wer sollte da überhaupt herankommen? Niemand. Eben: niemand. Und das würde die Polizei genauso sehen. Ich hatte keine Chance, da wieder herauszukommen. Meine Güte, was ist, wenn mein Nachbar die Schaufel nicht hatte? Verdammt!

Ich musste weg. Irgendwie musste ich versuchen, die Wahrheit herauszufinden. Aber wie sollte ich das tun, wenn ich erst mal in Untersuchungshaft saß?

Wo konnte ich hin? Ich hatte eine Menge Freunde. Aber würden sie mich in einer solchen Situation decken? Wem konnte ich soweit vertrauen?

Michael. Er war der einzige, der zu mir halten würde, egal in welcher Situation. Doch Michael war die nächsten Monate noch in New York.

Kurz entschlossen griff ich zum Telefon und wählte Petras Nummer.

"Bei Albergen", meldete sich eine männliche Stimme. Es war, als würde mein Herz von einer eisernen Faust umklammert und zusammen gedrückt werden. Erst wollte ich wieder auflegen. Dann fiel mir ein, dass bei Petra meine Rufnummer angezeigt wurde. Wenn ich jetzt auflegte, würde ich wie ein Idiot dastehen.

"Hallo, hier ist Uwe Rackmann. Ist Petra zu sprechen?" So sehr ich mich bemühte, ich konnte nicht verhindern, dass meine Stimme zitterte.

"Einen Moment."

Ein paar Geräusche im Hintergrund, die ich nicht deuten konnte.

Dann: "Hallo Uwe." Ihre Stimme verriet nichts. Kein schlechtes Gewissen. Keine Überraschung. Keine Nervosität. Nichts.

"Entschuldige Petra, ich wollte nicht stören." Obwohl ich vor Eifersucht kochte, war meine Stimme sanft wie die eines Lamms.

"Quatsch, du störst mich nie, mein Schatz. Hast du es dir anders überlegt?"

Mein Schatz? Sie sagte das ohne Zögern, vor diesem anderen Mann, wie ich mit Genugtuung bemerkte.

"Es ist etwas passiert", begann ich. "Ich... ich hatte überlegt..."

Sie reagierte sofort auf mein Zögern: "Komm schon, Uwe, sag' was du überlegt hast. Ganz egal, was es ist."

"Ich hatte überlegt, ob ich zu dir kommen kann."

Ohne zu überlegen kam ihre Antwort: "Komm' bitte zu mir, Uwe. Ich möchte dich gerne bei mir haben." Dann, nach einem kurzen Zögern: "Einen Moment, Uwe." Ihre Stimme wurde leiser, weil sie nicht mehr in die Muschel sprach. Dennoch konnte ich jedes Wort gut verstehen: "Ingo, ich muss dich bitten, zu gehen. Tut mir leid, dass du umsonst gekommen bist, aber wir holen es ein anderes Mal nach."

Umsonst gekommen? Wir holen es nach? Was wollten sie nachholen? Ich würde nicht danach fragen.

Ihre Stimme galt wieder mir: "Ingo hatte mich gerade angerufen, als unser Gespräch zu Ende war. Er wohnt zwei Blocks weiter, und hat bis eben an seiner Diplomarbeit geschrieben. Ich sollte ein Kapitel davon noch mal durchlesen. Aber er muss es erst in ein paar Tagen abgeben. Also setz' dich in dein Auto und komm' her."

Ich Idiot. Gut, dass ich nicht gefragt hatte. Warum sah ich in jedem ihrer Freunde immer so schnell einen potentiellen Konkurrenten? Vielleicht, weil die meisten ihrer Freunde männlich waren? Und weil es derer so entsetzlich viele gab? Gutaussehende, Gutverdienende, Erfolgreiche, Sportliche... es war alles dabei.

"Danke, Petra. Aber... Petra, ich will dir nicht verschweigen..." Ich wusste einfach nicht, wie ich es sagen sollte. "Petra", startete ich einen zweiten Versuch, "es kann sein, dass die Polizei mich sucht."

"Dann kommst du erst recht her!" Ihre Stimme war fest und überzeugt.

Wir verabschiedeten uns und legten auf.

Ich zog eine regenfeste Jacke an und wechselte die Schuhe. Da ich keine Ahnung hatte, was mir alles bevorstand, entschied ich mich für feste Schnürstiefel. Dann nahm ich meine Papiere, das Handy und die Autoschlüssel, löschte in Küche und Wohnzimmer die Lichter. Auf dem Weg zur Wohnungstür hielt ich inne. Wurde ich vielleicht schon überwacht? Vielleicht vermutete Hauptkommissar Jaquelles, dass ich verschwinden würde. Vielleicht hatte er mich deshalb angerufen: Es war eine Falle.

Ich machte auf dem Absatz kehrt, und verließ das Haus durch die Terrassentür. Hinter mir zog ich sie zu. Es war mir im Moment egal, dass nun jeder ungehindert mein Haus betreten konnte. Im Dunkeln durchquerte ich den Garten, der durch die enormen Regenfälle beinahe ebenso matschig war wie der Platz, auf dem ich Stefan gefunden hatte. Dieser verdammte Regen. Und meine verdammte Faulheit. Schon seit einem Jahr wollte ich die Steinplatten zu einem Weg zwischen Haus und Gartentür verarbeiten. Nachdem ich sie gekauft und in der Garage gestapelt hatte, war mir immer wieder ein neuer Grund dafür eingefallen, warum es gerade jetzt schlecht war, sie zu verlegen.

Als ich bei meinem Gartentor angekommen war, sah ich die ersten, schwachen Straßenlichter. Bis hierher war nicht der geringste Schein durchgedrungen, da mein Garten zur Straßenseite hin dicht eingewachsen war. Mond und Sterne waren hinter den Wolken verborgen. Und auch hier, am Ausgang meines Gartens, gab es nur wenig Licht, denn hinter meinem Haus schloss sich gleich ein Feld an. Hinter dem Feld lag der Wald.

Vom Garten aus hätte ich auch die Garage erreichen können, aber wenn ich jetzt mit meinem Wagen wegfuhr, hätte ich das Haus auch gleich durch die Vordertür verlassen können.

Nein, ich würde durch den Wald nach Niedernhausen laufen, und von dort aus die S-Bahn nehmen. Von Oberjosbach aus war es ein Fußweg von dreißig Minuten - unter guten Bedingungen zumindest.

Ich schloss gerade das Gartentor hinter mir, als ich gedämpft die Türglocke aus meinem Haus vernahm. Sie waren schon da! Jetzt musste ich mich beeilen. Schnell wandte ich mich um und eilte den Feldweg entlang. Der Regen prasselte nicht mehr ganz so heftig herab, aber immer noch stark genug, um gemeinsam mit der Dunkelheit alles zu verschlingen, was weiter als zehn Meter entfernt war. Damit hatte ich gute Chancen.

Ungeachtet der lauten, klatschenden und schmatzenden Geräusche, wenn ich in den Schlamm trat, rannte ich los. Bis sie bemerkten, dass niemand öffnete, würde ich so weit gelaufen sein, dass man die Geräusche nicht mehr hören konnte. Zumindest hoffte ich das.

Nach kurzer Zeit waren meine schwarzen Haare durchtränkt. In der Eile hatte ich mir nicht die Zeit genommen, die im Kragen verstaute Kapuze der Regenjacke herauszuholen. Es war mir egal. Viel schlimmer war wieder einmal meine nasse Brille. In der Dunkelheit sah ich ohnehin kaum etwas. Ich ahnte den Weg mehr, als dass ich ihn erkannte.

Verdammt, Uwe, was machst du hier? Bist du denn wahnsinnig, vor der Polizei wegzulaufen? Du bist unschuldig! Un-schul-dig!

Ja, das war ich: unschuldig. Aber wer würde mir das glauben? Irgendwer spielte da ein sehr böses Spiel mit mir, und hatte alles perfekt eingefädelt.

Obwohl es eigentlich die ganze Zeit über auf der Hand lag, machte ich mir die Tatsache erst jetzt richtig bewusst: Jemand hatte absichtlich eine falsche Fährte gelegt, um mich zu belasten.

Aber... - ich kam nicht mehr dazu, den Gedanken zu Ende zu denken. Im schmierigen Schlamm rutschte ich aus und knallte auf den Boden. Verdammt!

Verzweifelung kochte in mir hoch. Zwar hatte ich mir nicht wehgetan, aber wie sollte ich mit meiner total verdreckten Kleidung in der Bahn nicht auffallen? Und, nass wie ich nun war, würde ich mir einen gewaltigen Schnupfen einfangen, wenn nicht gar eine Lungenentzündung. Der Septembertag war ungewöhnlich kalt, was sicher an vier Tagen geschlossener Wolkendecke lag.

Ich raffte mich auf, machte gar nicht erst den Versuch, den Schmutz von der Kleidung zu streifen, und lief weiter. Orientieren konnte ich mich nur an den entfernten Lichtern der Orte. Aber das reichte mir, denn ich kannte den Weg gut. Bis zum Wald reichte es jedenfalls. Dort wurde es schwieriger, denn es drang überhaupt kein Licht zu mir durch. Ich stolperte orientierungslos weiter, nur an der leichten Erhöhung am Wegesrand merkend, wenn ich abzukommen drohte. So musste sich ein Blinder fühlen. Nur dass ich keinen Blindenstock hatte.

Es dauerte ewig, bis ich wieder die Lichter Niedernhausens sah. Da sich meine Augen an die Dunkelheit gewöhnt hatten, reichte mir das bisschen Licht, um wieder einigermaßen sehen zu können – mal abgesehen von der beschlagenen Brille.

Bald erreichte ich den Schäfersberg, der Ortsteil Niedernhausens, der Oberjosbach am nächsten gelegen war. Ich blickte an mir herab. Klatschnass und völlig verdreckt, mit am Kopf klebenden Haaren, musste ich aussehen wie ein Penner.

Ich lief die Umgehungsstraße entlang. Wenn möglich wollte ich die Straßen nehmen, die weniger von Fußgängern frequentiert wurden. Um diese Zeit war es zwar sowieso unwahrscheinlich, Menschen zu begegnen, aber man konnte nie wissen. Auch vermutete ich, dass die Polizei auf der Suche nach mir die Straßen abfuhr. Auf der Umgehungsstraße würde ich jedes Auto frühzeitig bemerken und konnte mich schnell verstecken.

Als ich an die Ecke zur Hauptstraße kam, die links zur Autobahn und rechts ins Zentrum von Niedernhausen führte, kam mir eine Horde Jugendlicher entgegen. Durch ihr lautes Grölen erweckten sie den Gedanken in mir, dass es besser sei, die Straßenseite zu wechseln. Doch ich tat es nicht. Eine alte, dumme Angewohnheit von mir war es, mir ständig selbst meinen Mut zu beweisen. Ich konnte das einfach nicht abstellen. Im Grunde war ich ein riesengroßer Angsthase. Innerlich jedoch hatte ich stets den Anspruch an mich, der mutige Held zu sein. Möglicherweise gab es in meiner Kindheit ein entsprechendes Erlebnis, das mich immer gegen meine Angst auflehnen ließ. In jedem Fall war es mir wichtig, meine Angst nicht demonstrativ zur Schau zu stellen. Also blieb ich auf dieser Straßenseite.

Je näher die Jugendlichen kamen, umso mehr hatte ich das Gefühl, die falsche Entscheidung getroffen zu haben. Ich zählte elf Personen. Davon waren, wie ich zu erkennen glaubte, vier Mädchen. Mehr als die Hälfte hielt eine Bierflasche in der Hand, manche hatten eine zweite in der anderen. Aus den Schultern eines Jungen wuchsen mindestens zehn Zentimeter lange Stacheln. Obwohl ich nicht jede Einzelheit erkennen konnte, war mir sehr schnell klar, um welche Art von Jugendlichen es sich handelte: Punks.

Sie waren nur noch wenige Meter entfernt und nahmen die gesamte Breite des Gehweges ein. Mein Herz klopfte heftig, während ich direkt auf ihre Mitte zuging.

Einer der Jungs hob seinen Arm und deutete auf mich. "Hey, hast du freiwillig ein Bad genommen, oder hat man dich rein geschmissen?" Seine Stimme war laut und tief, und er war einen halben Kopf größer als ich.

"Ich hab' mich selber rein geschmissen", gab ich zur Antwort.

Gelächter. Jetzt war ich zwischen ihnen. Alle musterten mich, keiner fasste mich an.

"Mann, brauchst du Hilfe?" Eines der Mädchen hatte gefragt. Ihre langen Haare waren ebenso dunkel, wie die tief schwarz geschminkten Augenränder, und die ebenso schwarzen Lippen.

Sie sah mir offen und direkt in die Augen. Ich wusste erst nicht, was ich sagen sollte, und zögerte daher. Dann fiel mir etwas ein: Mit einer Flasche Bier in der Hand würde ich weniger auffallen. Jeder würde mich für einen 'normalen' Penner halten.

"Ja", sagte ich, als mir die Idee gekommen war. "Ja, ihr könnt mir wirklich helfen." Ich sah dem Mädchen ebenso unverwandt in die Augen wie sie mir. "Ihr könnt mir ein Bier verkaufen, und wenn jemand eine Mütze hat, dann nehme ich die dazu." Jetzt sah ich mich um, konnte aber niemanden mit einer Mütze entdecken. Der Regen schien niemanden zu stören. Wahrscheinlich würden sie bald in eine ihrer Wohnungen einfallen, ganz zur Freude der Eltern.

"Hey, du scheinst ein echtes Problem zu haben. Da solltest du nicht so viel saufen." Es war wieder das Mädchen, das sprach. "Aber bitte, wenn du für heute Nacht damit über die Runden kommst."

Eine Hand streckte sich mir von der Seite entgegen und hielt mir ein Flensburger hin. Ich nahm es, und drehte mich dabei zu dem Jungen, der es mir gab. Genau wie bei dem Mädchen sah ich in offene Augen, die mich direkt anblickten. Als er bemerkte, dass ich in meine Jackentasche griff, sagte er: "Lass ma steckn, is'n Geschenk des Hauses. Nur 'ne Mütze ham wir nich."

Hinter mir hörte ich eine andere Stimme: "Er kann sich mein Pali um den Kopf wickeln. Das is eh besser als ne Mütze."

Ich drehte mich herum. Einer der kleineren Jungs zerrte an einem Tuch, das um seinen Hals gewickelt war.

"Gibst du dem jetzt dein Pali, oder was? Du spinnst ja."

Endlich hatte der Junge das Tuch freibekommen und hielt es mir hin. Sein schwarz-weiß kariertes Muster sah arabisch aus. Endlich begriff ich, dass Pali offenbar für Palästinensertuch stand.

"Is eh nich meins. Hab ich meim Bruder geklaud, weil meins inna Wäsche is."

Ich nahm das Tuch. "Danke. Was willst du dafür haben?"

"Wenn ich was brauch, und dich treff, dann gibst'es mir, egal was'es is. Klar?"

Es war erschreckend, wie fest diese Kinder einem in die Augen sahen, während sie mit einem redeten. Ich kannte viele Erwachsene, die das nicht konnten.

"Klar", sagte ich, und wollte mich zum Gehen wenden. Eine Hand hielt mich an der Schulter fest und drehte mich herum. Jetzt war es soweit. Sie hatten nur mit mir gespielt, und nun würden sie über mich herfallen. Dachte ich. Aber nur, bis ich sah, dass es das Mädchen war, das mich an der Schulter packte.

"Hey, sieh zu, dass du aus der Scheiße raus kommst. Das Leben ist zu kurz für so'n Mist."

Eine Sekunde lang sahen wir uns an, dann nickte ich kurz und ging meines Weges. Ich drehte mich nicht ein einziges Mal herum. Mit einer Hand warf ich mir das Pali über den Kopf, und eilte auf die Kreuzung zu. Nach einer Weile hörte ich weit entfernt wieder das Grölen der Jugendlichen.

Kurz vor dem Bahnhof kam mir ein älterer Mann mit einem hellbraunen Mischlingshund entgegen. Als er mich sah, wechselte er die Straßenseite. Sonst traf ich niemanden. Nachdem ich mir am Automaten einen Fahrschein gezogen hatte, ging ich durch die stinkende Unterführung, die zum Bahnsteig führte. An mindestens zwei Stellen hatte jemand gegen die Wand uriniert. Mir kam in den Sinn, dass ich in meinem Aufzug sehr gut hierher passte.

Der Bahnhof war verwaist. Keine Menschenseele fuhr um diese Zeit mit der Bahn. Dazu fiel mir eine ganz grundlegende Frage ein: Fuhr um diese Zeit überhaupt eine Bahn? Ich hatte nicht viel Ahnung von den öffentlichen Verkehrsmitteln. Ein Blick auf den Fahrplanaushang verriet mir, dass ich die Karte umsonst gekauft hatte. Verdammt! Wie sollte ich nun hier wegkommen?

Ich musste nachdenken. Aber zunächst musste ich hier verschwinden. Jemand, der um diese Uhrzeit am Gleis stand und auf eine Bahn wartete, war ungewöhnlich und musste auffallen. Deshalb ging ich zunächst wieder in die Fußgängerunterführung.

Konnte es das geben? Zum ersten Mal in meinem Leben wusste ich nicht weiter. Ohne darauf zu achten, ob sie dreckig war, lehnte ich mich mit dem Rücken gegen die Wand und schloss die Augen. Tief durchatmen, Uwe. Vielleicht sollte ich ein Taxi nehmen. Aber welcher Fahrer würde mich so verdreckt und durchnässt in sein Auto lassen? Nein, das war keine Alternative. Ich brauchte mein Auto. Doch es war nicht daran zu denken, zurück nach Hause zu gehen. Ohne fremde Hilfe würde ich hier kaum wegkommen.

Ich holte mein Handy aus der Innentasche, merkte, dass es trotz Regenjacke feucht war, und hoffte, dass es noch funktionierte. Ich hatte Glück. Wenn man in dieser Situation von Glück sprechen konnte.

Petra meldete sich beim zweiten Klingeln.

"Ich bin's", sagte ich. "Kannst du mich abholen? Ich stehe am Bahnhof Niedernhausen."

Ich hörte selber, wie resigniert ich klang.

"Ich bin in fünfzehn Minuten da." Sie wartete keine Antwort ab und legte auf.

Ich wartete in der Unterführung, um nicht doch noch von einer zufällig vorbeikommenden Streife gesehen zu werden.

Es wurden fünfundzwanzig Minuten, aber sie kam. Ich ärgerte mich, dass ich sie nicht darum gebeten hatte, ein Handtuch mitzubringen. Es war mir furchtbar peinlich, ihre Fahrzeugsitze zu verschmutzen, und ich zögerte, als ich die Beifahrertür geöffnet hatte.

Petra sah an mir herab und schien meine Gedanken erraten zu haben. "Egal", sagte sie, "steig schon ein."

Ich ließ mich ins Auto gleiten und schloss die Tür. Wärme schloss mich ein, und vermittelte mir für ein paar Sekunden ein wohliges Gefühl.

"Schieß los", sagte sie, wobei sie den Wagen wendete.

Während sie ihren Toyota sicher nach Hofheim lenkte, erzählte ich, was passiert war. Als ich fertig war, hüllten wir uns beide in Schweigen. Obwohl ich versuchte, es an ihrem Gesicht abzulesen, konnte ich nicht ergründen, was sie dachte.

Sie brach das Schweigen erst, als wir endlich in ihrer kleinen, aber gemütlichen Wohnung waren.

"Zieh deine Klamotten aus. Ich schau mal, was ich dir geben kann." Dabei hatte sie ein Schmunzeln im Gesicht. Ich konnte der Situation nichts Komisches abgewinnen. Aber natürlich steckte Petra nicht in dieser ernsten Lage, und konnte die Dinge mit anderen Augen sehen.

Sie verschwand im Schlafzimmer, und rief mir zu: "Wirf einfach alles in die Badewanne. Ich kümmere mich morgen darum."

Ich zog mich im Flur aus, um nicht die halbe Wohnung voll zu tropfen. Dann brachte ich, nur mit der Unterhose bekleidet, die nassen Sachen ins Bad.

Im Wohnzimmer wartete Petra, in der Hand ein Paar Socken, ein T-Shirt und eine Jogginghose.

Als ihr Blick auf mein Knie fiel, bemerkte ich plötzlich einen Schmerz. Ich musste bei meinem Sturz im Wald darauf gefallen sein. Vermutlich war die Aufregung daran Schuld gewesen, dass ich nicht unmittelbar etwas gespürt hatte. Jetzt sah ich es mir an. Es sah scheußlich aus, verklebt von einem Gemisch aus Dreck und Blut. Petra zerrte mich ins Bad, wusch die Wunde aus, und sprühte eine Menge Desinfektionsmittel drauf. Es brannte heftig. Meinen verbissenen Gesichtsausdruck quittierte sie mit einem gemeinen Grinsen.

Nachdem sie noch ein großes Pflaster draufgeklebt hatte, gingen wir wieder ins Wohnzimmer, wo sie meine Ersatzkleidung hatte liegen lassen.

"Die Unterhose ziehst du auch gefälligst aus", sagte sie. "Es wird auch mal ohne gehen. Du holst dir sonst eine Blasenentzündung."

Als ich zögerte, setzte sie hinzu: "Als Alternative kann ich dir eine von mir anbieten." Da war es wieder, dieses freche Schmunzeln, das sicher mit daran schuld war, dass ich mich in sie verguckt hatte.

Ich gab nach, und zog die Unterhose aus. Petra reichte mir die Jogginghose, und ich beeilte mich, sie anzuziehen. Natürlich hatte sie mich schon öfter nackt gesehen, aber diese Situation war irgendwie anders.

Als ich endlich in trockenen Kleidern war, setzten wir uns auf die Couch.

"Ich würde dir ja gerne was zu trinken anbieten, aber ich habe den Eindruck, dass du schon genug Sherry hattest." Sie lächelte. "Und im Moment ist es definitiv besser, wenn du nüchtern bleibst."

Ich nickte nur.

Dann sagte sie: "Für mich gibt es nur eine vernünftige Erklärung. Jemand versucht offenbar absichtlich, dich zu belasten. Jetzt ist die Frage: Macht er oder sie es nur, um von sich selber abzulenken, oder hat diese Person gezielt etwas gegen dich?"

Da von mir keine Antwort kam, sprach sie weiter: "Also überlege zunächst, ob dir jemand sehr böse gesonnen ist. Ich meine, wirklich böse! Hat jemand einen Grund dafür?"

Das konnte ich mir beim besten Willen nicht vorstellen, und so schüttelte ich den Kopf.

"Wie auch immer, Uwe, es muss jemand sein, der dich kennt. Eigentlich muss es sogar jemand sein, der sowohl dich als auch Stefan kennt. Das engt den Kreis schon mal ein."

Einen Moment lang starrte sie ins Nichts und dachte vermutlich nach. Dann erstaunte sie mich, indem sie sagte: "Wir brauchen diese E-Mail, die du angeblich an Stefan geschickt hast."

Ich sah sie überrascht an. "Erstens weiß ich nicht, ob es diese Mail wirklich gibt. Vielleicht wollte der Polizist mich nur in eine Falle locken. Und zweitens habe ich keine Idee, wie wir da herankommen sollen."

"Erstens glaube ich nicht, dass der Polizei derartige Mittel erlaubt sind. Wenn der Polizist gesagt hat, dass da eine Mail ist, wird sie auch da sein. Und zweitens werde ich versuchen, mich darum zu kümmern."

Das Gesicht, das ich machte, sah wahrscheinlich mehr dumm als erstaunt aus. Sie war Grafikerin in der Werbebranche. Wie wollte sie in dieser Sache etwas tun? Offenbar war mein Gesicht Aufforderung genug, sie zu einer Erklärung zu veranlassen.

"Du weißt, wie viele Freunde und Bekannte ich habe." Oh ja, das wusste ich. Und hauptsächlich waren es männliche.

"Eine Freundin von mir ist Rechtsanwältin. Strafrecht. Sie hat einen guten Bekannten bei der Kripo. Ich habe ihm einmal einen Gefallen getan. Vielleicht kann er mir helfen."

Ich ersparte ihr die Frage, um was für einen Gefallen es sich dabei gehandelt hatte, und mir ersparte ich entsprechende Spekulationen.

"Wenn du dem von mir erzählst, werden sie sofort hier antanzen, Petra", sagte ich erschrocken.

"Hast du eine bessere Idee? Ich werde es vorsichtig anstellen. Außerdem werden wir dafür sorgen, dass du nicht bei mir bist, wenn sie wirklich kommen sollten."

Natürlich hatte ich keine bessere Idee. Dennoch erschien es mir sehr unwahrscheinlich, dass uns jemand von der Kripo unter den gegebenen Umständen helfen würde. Aber ich war zu müde, um ihr zu widersprechen. Plötzlich, von einem Moment auf den anderen, fühlte ich mich völlig ausgelaugt. Die Ereignisse hatten mich fertig gemacht, und jetzt hatte ich keine Kraft mehr, mich gegen die Müdigkeit zu wehren. Offenbar sah sie mir das an.

"Lass uns erst mal schlafen. Es ist gleich vier Uhr. Wenn wir nicht ausgeruht sind, werden wir Fehler machen. Nur noch eine Frage, Uwe: Kennt die Polizei meinen Namen?"

"Von mir jedenfalls nicht. Ich kann mir auch nicht vorstellen, dass sie ihn so schnell herauskriegen. Wenn ich im Büro von dir rede, dann benutze ich nur deinen Vornamen."

"Gut."

Wir gingen ins Schlafzimmer, zogen uns aus, und kuschelten uns unter die Decke. Kurz spürte ich noch eine gierige Lust in mir aufkommen, dann war ich eingeschlafen.

Es dauerte einen Moment, bis ich mir klar wurde, wo ich war, und vor allem, warum ich hier war. Ein paar Minuten lang, in denen ich noch mit geschlossenen Augen da lag, konnte ich mir einigermaßen erfolgreich einreden, dass alles nur Traum gewesen war. Doch dann drang die Realität immer tiefer in mein Bewusstsein ein.

"Guten Morgen, Albtraum", murmelte ich. "Da bin ich wieder."

Dann öffnete ich die Augen. Ich war alleine, soviel konnte ich erkennen. Mehr aber auch nicht. Wo hatte ich meine Brille hingelegt? Ich tastete über das Nachtschränkchen, und kippte dabei fast ein Glas Wasser um. Nein, da war sie nicht. Ich ließ meine Hand nach unten fallen und über den Fußboden gleiten. Erleichterung breitete sich in mir aus, als meine Finger einen metallenen Gegenstand berührten. Da war sie! Ich setzte sie auf und sah mich um.

Der Raum war lichtdurchflutet. Offenbar waren die dicken Regenwolken der letzten Tage endlich von der Sonne vertrieben worden. Das Bett duftete angenehm nach Petra. Obwohl ich mir meiner ernsten Lage sehr bewusst war, konnte ich nicht verhindern, dass sich mein Unterleib rührte, als ich an die Dinge dachte, die dieses Bett schon von Petra und mir gesehen hatte.

Schnell stand ich auf und zog mir Petras Jogginghose und das T-Shirt über. Der Parkettfußboden war angenehm warm, und so ging ich barfuss ins Wohnzimmer. Da ich es leer vorfand, suchte ich die Küche auf. Petra war zwar auch hier nicht, aber das Lämpchen an der Kaffeemaschine brannte, also war der restliche Kaffee in der gläsernen Kanne vermutlich noch warm. Ich nahm mir eine Tasse aus dem Schrank und goss das braune Getränk hinein. Wie immer trank ich den Kaffee zuckerlos. Das Koffein würde meine Lebensgeister endgültig wecken. Erstaunlicherweise hatte ich keinen Kater.

Wie lange hatte ich wohl geschlafen? Meine Uhr sagte mir, dass es bereits ein Uhr mittags war. Ich hatte den halben Tag verschlafen. Dafür fühlte ich mich verhältnismäßig gut. Zumindest konnte ich wieder klar denken.

Als erstes würde ich bei meinem Nachbarn anrufen und mich um die Schaufel kümmern. Er würde jetzt sicher auf der Arbeit sein, aber ich hatte seine Handynummer. Im Flur suchte ich nach meiner Jacke, die noch immer völlig durchnässt war, innen wie außen. Regenjacke nannte sich so etwas.

Die Taschen waren leer. Petra hatte alles herausgeholt, um es vor der Nässe zu schützen, und in das unterste Fach ihres Garderobenschranks gelegt. Ich schaltete mein Handy ein. Sogleich machte mich eine SMS darauf aufmerksam, dass ich zwei Nachrichten auf der Mailbox hatte. Bestimmt von der Polizei. Obwohl ich eigentlich keine Lust dazu hatte, hörte ich die Nachrichten ab. Die erste war in der Tat von Hauptkommissar Jaquelles, der mich bat, ihn zurück zu rufen. Erstaunlicherweise versuchte er nicht, mir klarzumachen, dass es besser sei, wenn ich mich stellen würde. Keine Vorwürfe. Keine Anschuldigungen. Nur die Bitte um Rückruf.

Als zweites hörte ich die sehr nervös klingende Stimme meiner Ex-Freundin Sandra: "Hallo Uwe." Pause. "Es tut mir so leid, dass wir es dir verheimlicht haben." Pause. "Stefan wollte dich als Freund nicht verlieren. Mein Gott, wer hat das nur getan?" Klick.

Ich beendete die Verbindung und starrte verwirrt das Telefon an. Was meinte Sandra? Wahrscheinlich wusste ich es ganz tief in mir bereits. Aber mein Gehirn ließ nicht zu, den Gedanken wirklich zu denken. Ich würde sie später anrufen und fragen.

Während ich die Nummer meines Nachbars wählte, ging ich zurück in die Küche und setzte mich zu meinem Kaffee an den kleinen, weißen Tisch.

"Johannes Großlieb", meldete er sich nach dem zweiten Klingeln.

"Hallo Hannes, ich bin's, Uwe."

Für ein paar Sekunden dachte ich, er hätte aufgelegt, weil er nicht antwortete. Dann sagte er: "Hallo Uwe. Die Polizei war heute Nacht bei mir. Was ist denn bloß passiert?"

"Hannes, eine Frage: Hast du dir meine Schaufel geliehen?"

"Das gleiche haben die auch gefragt. Nein, ich hatte sie zuletzt vor sechs Wochen, und ich habe sie definitiv zurück gebracht. Ehrlich, Uwe. Ich habe es doch nicht nötig, dir eine Schaufel zu klau..."

Ich unterbrach ihn: "Nein, nein, Hannes. Darum geht es gar nicht. Ich weiß, dass du sie zurückgebracht hast. Vor ein paar Tagen habe ich sie ja noch bei mir auf der Terrasse gesehen."

"Ich habe sie mir auch nicht wiedergenommen. Ich hoffe, du glaubst mir das."

"Natürlich glaube ich dir."

"Ich meine, wenn schon die Polizei kommt, wegen dieser Schaufel."

"Es geht eigentlich um etwas ganz anderes, Hannes. Ich hatte einfach gehofft, dass du sie dir vielleicht geliehen hattest."

"Was zum Henker ist denn überhaupt los?"

"Ich befürchte, dass jemand mit meiner Schaufel erschlagen worden ist. Irgendwer muss sie mir geklaut haben. Deswegen wäre es mir lieber gewesen, wenn du sie gehabt hättest."

"Erschlagen sagst du? Wer denn?"

"Ich erzähle dir später davon. Bis dann." Ohne auf seine Antwort zu warten, unterbrach ich die Verbindung.

Gedankenverloren trank ich meine Tasse leer. Sehr aromatisch war der Kaffee nicht mehr.

Es sah wirklich schlecht für mich aus. Ich hatte nicht den geringsten Zweifel daran, dass es meine Schaufel gewesen war, die in dem verschlammten Boden bei Stefans Leiche gesteckt hatte. Verdammt. Wenn ich es nicht besser gewusst hätte, würde ich mich selber für schuldig gehalten haben. Oder war ich es vielleicht sogar? Hatte ich etwa ein gravierendes, psychisches Problem? Wusste ich am Ende selbst nicht mehr, was ich tat oder getan habe? Womöglich war es besser für mich, einen Therapeuten aufzusuchen?

Die Wohnungstür wurde geöffnet, und ich wurde von meinen düsteren Gedanken befreit.

Kurz darauf erschien Petra, beladen mit einer großen Tasche von Benetton, und noch einem weiteren Beutel, dessen Aufschrift ich nicht sehen konnte.

"Hallo Uwe", begrüßte sie mich, und gab mir einen Kuss. "Ich habe einiges erledigt. Marion Nasdreczep wird deinen Fall übernehmen. Du erinnerst dich? Die Anwältin, von der ich dir erzählt habe. Ich hoffe, dass sie in diesem Moment mit ihrem Freund bei der Polizei spricht."

Sie begann, einige Dinge aus ihrer Tasche zu holen. Neben verschiedenen Lebensmitteln förderte sie ein Handy zu Tage.

"Wir wissen nicht, ob dein Handy abgehört wird, oder gar geortet werden kann. Ich verstehe zu wenig von diesen Dingen, aber wir sollten kein Risiko eingehen. Ich habe die Prepaid-Karte mit fünfzig Euro aufgeladen. Außerdem habe ich zwei weitere Karten besorgt, falls du plötzlich eine neue Nummer brauchst. Die anderen Karten sind mit jeweils zwanzig Euro geladen. Sie sind alle drei von verschiedenen Anbietern."

Ihr Festnetztelefon klingelte. Sie verschwand ins Wohnzimmer und ich hörte, wie sie sich mit ihrem Namen meldete.

Mir gingen ihre Worte durch den Kopf. Natürlich konnte man mit entsprechendem Aufwand feststellen, in welcher

Gegend ich mich befand. Man brauchte nur festzustellen, bei welchem Access-Point das Handy derzeit eingebucht war. Plötzlich hatte ich es sehr eilig, mein Handy auszuschalten. War es dafür schon zu spät? Aber solange niemand Petras Namen kannte, würde man nicht so schnell auf die genaue Adresse kommen. Ein Anpeilen war nicht mehr möglich, sobald das Gerät inaktiv war.

Meine Telefonrechnungen fielen mir ein. Da ich oft mit Petra telefonierte würde es ein Leichtes sein, anhand der Rechnungen ihre Person ausfindig zu machen. Außerdem war es möglich, dass man sich meine E-Mails in der Firma ansah. Dort würde man zahlreiche Nachrichten an Petra finden. Ich sollte nicht allzu lange hier bleiben.

Während Petra telefonierte, sah ich mir das neue Handy an. Eigentlich hätten die neuen Prepaid-Karten gereicht. Ich hätte sie mit meinem alten Handy benutzen können. Petra war offenbar lieber einmal zu vorsichtig, als dass sie etwas riskierte. Ich war ihr sehr dankbar dafür.

Ihre Nummer und einige andere waren bereits eingespeichert. Die meisten Namen kannte ich nicht. Vermutlich war das Telefon gebraucht.

Petra kam wieder in die Küche. Während sie eine Flasche Wasser aus dem Kühlschrank holte, erzählte sie: "Das war Marion. Sie hat einiges in Erfahrung gebracht. Es sieht ziemlich schlecht aus. Man hat festgestellt, dass Stefan mit deiner Schaufel erschlagen worden ist. Außerdem, und jetzt halt dich fest, nimmt man an, dass du ihn aus Eifersucht getötet hast. Ob du es glaubst oder nicht, Stefan war mit deiner Sandra zusammen."

Sie goss sich ein Glas Wasser ein, während mir bewusst wurde, was ich nach Sandras Anruf schon geahnt hatte, aber nicht wahrhaben wollte. Stefan hatte mich hintergangen und belogen. Nein, er hatte nicht gelogen, er hatte mir lediglich die Wahrheit verschwiegen. Für mich war es dasselbe. Hinter meinem Rücken hatte er mir die Freundin ausgespannt. Verdammt, was war noch alles geschehen, ohne dass ich es wusste? Ging ich denn blind durch diese verdammte Welt?

"...können wir sicher etwas anfangen."

Ich schrak auf. "Entschuldige, ich habe nicht zugehört. Was hast du gesagt?"

"Dass Marion die E-Mail von Stefans Computer hat. Sie hat sie mir schon weitergeleitet. Ich denke, wir sollten meinen Rechner rauffahren, und sie uns ansehen."

"Sie nutzt uns nicht viel, wenn sie weitergeleitet wird. Als Absender werde ich dann Marions Rechner identifizieren können."

Petra lachte. "Aber sie hat sie doch als Anhang bekommen, und wird sie auch als solchen weiterleiten."

"Ah", war mein einziger Kommentar. Natürlich. Alles andere hätte auch keinen Sinn gemacht.

Wir gingen ins Schlafzimmer, in dessen hinterster Ecke der Computertisch stand. Petra hatte gerade den Computer eingeschaltet, als erneut das Telefon klingelte.

Während ich darauf wartete, dass der PC rauffuhr, hörte ich sie sprechen.

"Hallo Frank, wie geht's dir?" Ihre Stimme klang sehr erfreut.

Nach einer kurzen Pause, redete sie weiter: "Danke, eigentlich ganz gut. Aber ich habe etwas Stress und etwas wichtiges zu erledigen." Pause. "Ah, verstehe. Nein, tut mir leid, mein Schatz, aber heute geht es unmöglich. Ich denke, frühestens in einer Woche wieder." Pause.

Mein Herzschlag beschleunigte sich. 'Mein Schatz' also.

"Ja, das kannst du machen. Am besten, ich rufe dich an, sobald ich wieder etwas Zeit habe." Pause. "Ich hab dich auch lieb. Umarmung." Danach schickte sie ihm noch einen Kuss durchs Telefon und legte auf.

Ich kochte innerlich, als sie das Zimmer betrat. Ging sie mit allen Bekannten so um? Oder war es ein harmloses Küsschen zwischen alten Freunden? Ich wusste es nicht, und ich konnte mich gegen meine emporsteigende Eifersucht nicht wehren.

Als sie sich an den PC setzte und das Passwort eingab, sagte ich nichts. Ich wollte versuchen, mir nichts anmerken zu lassen.

Eigentlich würde ich am liebsten verschwinden, aber wohin sollte ich? Petra war die Einzige, der ich vertrauen konnte.

Vertrauen? Konnte ich das? Irgendetwas sagte mir, dass ich das - meine missliche Lage betreffend - sicherlich konnte. Ob ich ihr als Mann trauen konnte, war mir nicht klar. Ich gewann immer mehr den Eindruck, dass sie keine Gelegenheit ausließ, ihren Spaß zu haben. Offenbar mochte sie viele Männer. Das schmerzte. Und je mehr es schmerzte, umso lieber hatte ich sie. Verrückt. Hing das am Ende auch mit meinem psychischen Problem zusammen? War ich ernsthaft krank? Konnte ich wirklich in der Lage gewesen sein, einen Menschen umzubringen? Aber ich konnte mich doch deutlich daran erinnern, wie ich unwissend zu dem schlammigen Platz gefahren und über Stefans Leiche gestolpert bin. Oder hatte sich mein Unterbewusstsein diese Geschichte nur ausgedacht?

Wieder hatte ich nicht wahrgenommen, was Petra gesagt hatte. Verdammt, ich musste mich zusammenreißen.

Auf dem Bildschirm war die geöffnete Mail von Marion zu sehen. Als Anhang war eine weitere Mail beigefügt.

Sie stand auf und bot mir den Stuhl an. "Jetzt gehört er dir. Ich habe keine Ahnung davon."

Ich setzte mich, und lenkte meine Konzentration auf das, was ich herausfinden wollte.

Zunächst öffnete ich die angehängte Mail und las sie durch.

Hi Stefan,

habe dich telefonisch nicht erreichen können. Habe Probleme mit meinem Auto und brauche deine Hilfe. Bitte komme um 19:30 Uhr zu folgendem Parkplatz...

Es folgte eine genaue Anfahrtsbeschreibung zu dem Platz, an dem ich Stefan gefunden hatte.

Die Mail war fast identisch mit der, die ich von Stefan erhalten hatte. Oder die ich mir einbildete, von ihm erhalten gehabt zu haben.

Ich schloss die Mail an Stefan. Dann zog ich sie von Marions Mail heraus, und legte sie auf eine freie Fläche des Bildschirms, damit ich jederzeit sofort darauf zugreifen konnte.

Jetzt öffnete ich sie mit dem einfachen Editor von Windows 2000. Hier sah ich umfangreichere Informationen, die man normalerweise als Benutzer nicht sieht. Es gibt Daten, die in jeder E-

Mail enthalten sind. Unter anderem kann man die Internetadresse des absendenden Computers einsehen.

Ich erkannte sofort, dass es definitiv eine IP-Adresse meines Unternehmens war. Verdammt, war die Mail wirklich von mir? War ich völlig durchgedreht und wusste nicht mehr, was ich tat? Ungläubig schüttelte ich den Kopf.

"Und?", fragte Petra.

"Diese Mail kommt mit sehr hoher Wahrscheinlichkeit von meiner Firma. Man kann zwar theoretisch IP-Adressen faken, aber das ist ziemlich aufwändig."

"Und, kommt sie von deinem Computer?"

"Das kann ich nicht mit Bestimmtheit sagen. Die PCs im Büro bekommen jedes Mal beim Starten eine neue IP-Adresse. Ich müsste wissen, welche ich an dem Tag hatte."

"Was ist eine IP-Adresse?"

"Das ist eine Netzwerkadresse, die ein Computer, der mit dem Internet verbunden ist, haben muss. Eine solche Adresse kann im Internet nur von einem einzigen Computer gleichzeitig benutzt werden. Du kannst also anhand einer IP-Adresse exakt einen Computer identifizieren. Das kann man theoretisch soweit treiben, dass man festhält, wer welche Internetseiten besucht oder wer welche E-Mails schreibt."

"Aber dann muss es ja unendlich viele verschiedene IP-Adressen geben..."

"Ja und nein. In der Tat gab es eine Zeit, in der diese Adressen annähernd aufgebraucht waren. Dann hat man sich aber ein System überlegt, mit dem viele Computer aus einem zusammengehörenden Netzwerk, wie zum Beispiel einem Firmennetzwerk, mit einer einzigen IP-Adresse ins Internet gehen. Ein spezielles Gerät regelt dabei den Datenverkehr und sorgt dafür, dass die richtigen Daten zu dem richtigen Computer kommen."

"Dann haben die einzelnen Firmencomputer ja gar keine eigene IP-Adresse!"

"Doch, sie haben eine. Dafür gibt es sogenannte private Adressen. Diese gibt es dann mehrfach auf der Welt, aber sie dürfen nicht direkt mit dem Internet kommunizieren. Das erforderliche Gerät im Netzwerk übersetzt die privaten IP-Adressen immer in eine öffentliche, die ins Internet darf. Dabei benutzen dann alle Computer dieses Netzwerks die gleiche öffentliche Adresse."

"Aber dann kann man ja wieder nicht erkennen, von welchem Computer eine Mail beispielsweise abgeschickt wurde!"

"Richtig. In einem solchen Fall tragen alle Mails einer Firma die gleiche Absender-IP-Adresse. Aber wir haben Glück. Mein Unternehmen gibt es schon lange, und wir haben damals noch einen ausreichend großen Bereich an IP-Adressen bekommen können. Wir haben tatsächlich auf allen Computern eine öffentliche Adresse. Seit Jahren wollten wir das ändern, aber ständig waren andere Projekte wichtiger."

"Na, bestens! Dann können wir doch jetzt beweisen, ob diese Mail von deinem Computer geschickt wurde oder nicht."

"Tja, dafür müsste ich erst mal wissen, welche IP-Adresse ich an besagtem Tag gehabt habe."

"Aber dafür brauchen wir doch nur in einer E-Mail nachzuschauen, die du mir am gleichen Tag geschickt hast. Da müsste dann doch deine IP-Adresse drinstehen, oder?"

Und warum war ich da nicht selbst draufgekommen? War ich der Fachmann oder sie? Ich drehte mich zu ihr, nahm ihr Gesicht zwischen meine Hände, zog es zu mir, und küsste sie.

"Was würde ich nur ohne dich machen? Natürlich muss sie da drin stehen!"

Ich suchte in ihrem Mailsystem nach einer entsprechenden Mail von mir. An besagtem Tag hatte ich ihr mindestens fünf Mails geschickt. Ich nahm die letzte von dem Tag - und zögerte.

"Was ist?", fragte Petra.

Ich schluckte schwer. "Stell dir vor, ich stelle fest, dass die Mail wirklich von meinem Computer geschickt wurde. Die Mail an Stefan ist um 17:12 Uhr versendet worden. Ich weiß genau, dass ich da an meinem PC war, denn etwa um die gleiche Zeit ist auch Stefans Mail bei mir eingetroffen. Du weißt schon, die Mail, die irgendwie verschwunden ist."

Sie brauchte ein paar Sekunden um zu begreifen, was ich sagen wollte. Dann flüsterte sie: "Du hast Angst, dass du es wirklich warst."

"Verdammt, ja, ich habe Angst. Ich glaube, genau zu wissen, was ich getan habe und was nicht. Aber was ist, wenn ich verrückt bin?" Ich sah sie nicht an, während ich sprach. Mit starrem Blick hielt ich die E-Mail auf dem Bildschirm fest.

Dann spürte ich, wie ihre Hand über meine Haare streichelte. "Uwe, ein Verrückter käme nie auf die Idee, überhaupt daran zu denken, dass er verrückt sein könnte. Und wenn es doch so sein sollte, dann ..."

"Dann?"

"Es wird nicht so sein. Los, schau nach. Wilde Spekulationen bringen uns nicht weiter."

Mit wild klopfendem Herzen öffnete ich die Detaildaten zu meiner E-Mail. Meine Augen suchten nach der Adresse.

Dann schossen mir Tränen in die Augen. Ich bilde mir ein, nicht so nahe am Wasser gebaut zu sein, aber ich konnte wirklich nicht verhindern, dass mir Tränen über die Wangen liefen.

"Soll ich einen Termin bei einem Arzt machen?", fragte Petra mit entsetzlich leiser Stimme.

Ich drehte mich zu ihr. "Nein", flüsterte ich beinah ebenso leise. Dabei lächelte ich verkrampft, obwohl mir weiterhin die Tränen liefen. Es waren Freudentränen. "Nein Petra, ich habe die Mail an Stefan nicht geschrieben!"

Sie nahm mich in den Arm, drückte meinen Kopf fest zwischen ihre Brüste. In manchen Situationen hasste ich meine Brille.

Für den Moment hatte ich ihr Telefonat mit dem mir unbekannten Frank vergessen. Die Erleichterung, die mich überkommen hatte, war unbeschreiblich.

Dann wurde die Erleichterung jedoch abgelöst. Abgelöst von einem tiefen Hass. Jemand hatte alle Anstrengungen unternommen, um mir einen Mord anzuhängen. Der Verdacht war nicht zufällig auf mich gefallen. Ganz bewusst hatte jemand deutliche Spuren gelegt, die zu mir führten. Es würde sehr schwer nachzuweisen sein, dass ich unschuldig bin. Selbst mit dieser E-Mail. Für die Polizei würde es so aussehen, als ob ich mich im Büro einfach an einem anderen Computer eingeloggt hätte, denn noch immer trug die Mail meinen Namen als Absender.

Wer konnte mein Passwort haben? Niemand. Ich hatte es vor kurzem erst geändert. Hatte mir in letzter Zeit jemand über die Schultern geschaut, als ich meine Daten eingegeben hatte? Nicht, dass ich es bemerkt hätte. Außerdem tippte ich ziemlich schnell, und mein Passwort bestand aus einer wirren Kombination von Groß- und Kleinbuchstaben und Sonderzeichen. Es musste nahezu unmöglich sein, bei einmaligem Zusehen das Passwort mitzulesen. Mir war, als würde ich irgendetwas außer acht lassen. Aber ich kam nicht darauf, was es war.

Vorsichtig befreite ich mich aus Petras Armen. "Jetzt brauche ich noch einen Kaffee", sagte ich. Nach diesem ersten, kleinen Erfolg fühlte ich mich plötzlich sehr stark. Ich hatte gesehen, dass ich selber etwas herausfinden konnte, und ich würde noch mehr herausfinden.

Wir gingen in die Küche und setzten uns an den Tisch. Petra schenkte uns beiden einen Kaffee ein.

"Wie gehen wir weiter vor?", fragte sie. "Hast du eine Idee, wie du herausfinden kannst, zu welchem Computer die IP-Adresse an dem Tag gehört hat? Geht so etwas überhaupt?"

"Ja, ich denke, dass bei uns diese Daten in einer Log-Datei gespeichert werden. Allerdings brauche ich dafür den Bernd."

"Bernd Polert, dein Direktor?"

"Ja. Eigentlich ist Mark Schiemen für den Bereich zuständig. Aber ich kenne ihn kaum. Auf Bernd kann ich mich verlassen, und er sollte auf allen erforderlichen Servern Zugriff haben."

Sie nickte. Ich hatte ihr oft von meinem guten Verhältnis zu meinem Chef erzählt.

"Meinst du, dieser Mark Schiemen kann dahinter stecken? Wenn er sich um diese Dinge kümmert, dann hat er bestimmt auch das nötige Wissen, um so etwas zu tun."

"Vielleicht. Aber es kann jeder aus der IT-Abteilung sein. Wir haben einige gute Leute bei uns."

"Dann rufe jetzt Bernd an." Bei diesen Worten schob sie mir das neue Handy herüber. "Der PIN ist 4410."

Mir war nicht ganz wohl dabei, denn sicher war die Polizei schon längst in der Firma gewesen und hatte nach mir gefragt. Wie würde Bernd reagieren? Wenn er mir half, würde er sich wahrscheinlich strafbar machen. Ging seine Loyalität so weit? Ich hatte keine Ahnung. Verdammt, ich musste es einfach probieren.

Nachdem sich das Handy eingebucht hatte, tippte ich die Nummer mit Bernds direkter Durchwahl ein.

"Polert", meldete er sich, ohne den Firmennamen zu erwähnen.

"Hallo Bernd, ich bin's, Uwe."

Ein kurzes Zögern. Dann: "Einen Moment bitte."

Ich hörte zunächst nichts. Dann vernahm ich deutlich das Zuschlagen einer Tür.

"Uwe! Was ist denn los? Die Polizei war hier und hat nach dir gefragt."

"Bernd, ich brauche deine Hilfe. Kannst du heute Abend etwas länger bleiben? Ich würde gerne reinkommen, wenn alle schon weg sind."

"Jetzt sag doch erst mal, worum es geht, Mensch."

"Später. Das würde jetzt zu lange dauern. Bitte, Bernd, ich brauche dich wirklich dringend. Hilfst du mir?"

Seine Zusage kam ohne zu zögern: "Natürlich helfe ich dir. Komme aber nicht vor acht Uhr. Ich weiß, dass Mark heute etwas länger machen will."

"Danke. Ich weiß nicht, wie ich dir jemals dafür danken soll."

"Warte mit dem Dank, bis ich dir geholfen habe. Übrigens: Sie haben nach deiner Freundin gefragt. Ich kenne ja nur ihren Vornamen. Aber ich habe mitbekommen, dass sie in deiner Wohnung nach Anhaltspunkten für ihre Person suchen wollen."

"Danke. Gut, dass du mir das sagst."

"Ich warte dann heute Abend auf dich."

"Bis dann."

Ich legte auf und erklärte Petra kurz den Inhalt des Gespräches.

"Dann musst du so schnell wie möglich hier raus", sagte sie betroffen. "Irgendetwas werden sie finden, das meine Identität verrät."

"Ich weiß nicht, wo ich hin soll. Meine Freunde werden mindestens ebenso leicht ausfindig gemacht werden."

"Ich kümmere mich darum", sagte sie entschlossen.

Wieder ging sie ins Wohnzimmer, um zu telefonieren. Ich hörte sie kurz die Sachlage erklären. Nachdem sie einen Moment schweigend zugehört hatte, verabschiedete sie sich.

Mit einem Lächeln im Gesicht kam sie wieder.

"Du wirst bei Marion bleiben. Sie hat ein Gästezimmer, und niemand wird dich mit ihr in Verbindung bringen."

"Was ist mit dem Polizisten, der uns die E-Mail besorgt hat?"

"Mach dir um den keine Gedanken. Selbst wenn er es wollte, könnte er nichts gegen dich unternehmen. Was meinst du, wie lange er seinen Job noch hätte, wenn herauskäme, dass er uns Informationen zugespielt hat?"

"Ihr erpresst ihn?", fragte ich, einigermaßen bestürzt.

"Aber nein, mein Schatz. Er wird sich diese Gedanken doch selber machen. Wir reden nicht darüber. Es ist wie ein stillschweigendes Abkommen. Es bedarf keiner Worte dafür."

Wieder überlegte ich mir, welche Art von Gefallen man einem Kriminalpolizisten tun muss, damit er gegen seine Berufsehre verstößt. Ich hatte nicht die geringste Idee, und ich fragte auch nicht danach.

"Mal etwas anderes", sagte Petra, die sich mir wieder gegenüber gesetzt hatte. "Ich finde, es ist ein sehr großer Zufall, dass dir deine Ex eine Mail schickt, in der sie von dem Ende ihrer Beziehung zu Stefan schreibt. Und das just an dem Tag, an dem er stirbt."

Ich ließ diese Worte lange auf mich wirken, um mir die eventuellen Zusammenhänge klar zu machen. Dann fragte ich: "Du meinst, sie könnte etwas damit zu tun haben?"

"Ich meine gar nichts. Ich will nur nicht, dass wir etwas außer Acht lassen, das wichtig sein könnte. Hältst du es für möglich, dass sie etwas damit zu tun hat?"

"Nach dem, was ich in den letzten vierundzwanzig Stunden erlebt habe, halte ich alles für möglich. Meine Güte, Sandra und Stefan haben mir bewusst ihre Beziehung verheimlicht. Wer weiß, wie lange sie wirklich schon zusammen waren." In den letzten Worten lag Bitterkeit.

"Das werden wir nie erfahren. Es spielt auch keine Rolle mehr."

"Du meinst, es spielt keine Rolle, ob man von einem Menschen betrogen wurde?" Mir fiel wieder das Telefongespräch ein, das Petra vor einer halben Stunde mit einem Frank geführt hatte. Obwohl ich das Gefühl zu unterdrücken versuchte, stieg eine tiefe, schmerzende Eifersucht in mir auf.

"Es spielt so lange eine Rolle, wie man gefühlsmäßig an einen Menschen gebunden ist."

"So wie ich jetzt an dich gefühlsmäßig gebunden bin", entfuhr es mir in einem ungewollt harschen Ton.

"Ja, aber ich bin nicht Sandra."

Für eine Weile sagte keiner etwas. Dann sagte sie: "Ich werde dich jetzt zu Marion fahren. Wer weiß, wie schnell die Polizei hier auftaucht. Wir können im Auto weiterreden."

"Musst du eigentlich nicht arbeiten?", fiel mir ein zu fragen.

"Ich habe mir für dich frei genommen, Süßer. Man muss Prioritäten setzen. Aber vielleicht fahre ich nachher noch mal kurz ins Büro. Ich müsste eigentlich eine kleine Präsentation für morgen fertig machen."

Sie stand auf und verließ das Zimmer. Ich folgte ihr. Im Flur nahm sie eine Tasche von H&M, drückte sie mir in die Hand, und sagte: "Ich habe dir ein paar Sachen besorgt. Ich hoffe, es gefällt dir."

Ich zog erstaunt eine Augenbraue hoch. Sie schien an alles gedacht zu haben.

Als sie mein Gesicht sah, lachte sie. "Meinst du, ich lasse dich in einer Jogginghose, noch dazu ohne Unterhose, zu Marion? Marion ist ein Vamp, musst du wissen, und ich hätte keine ruhige Minute, wenn ich dich so bei ihr wüsste."

Hörte ich da eine Spur von Eifersucht?

"Hoffentlich passt es", sagte ich lächelnd.

"Ich habe so oft Klamotten von dir auf meinem Schlafzimmerboden herumliegen gehabt. Natürlich habe ich schon mal nach deiner Größe geschaut. Ich bin eine Frau, Uwe."

Natürlich. Wie hätte ich daran zweifeln können.

Mit dem Beutel in der Hand verschwand ich ins Schlafzimmer, um mich umzuziehen. Petra folgte mir, setzte sich aufs Bett, und sah mich mit einem verschmitzten Lächeln an.

"Willst du mir beim Anziehen zuschauen?"

"Ja."

Was sollte ich sagen? Nichts. Ich zog T-Shirt und Jogginghose aus, und kramte dann, nackt wie ich war, im Beutel von H&M. Ich konnte nicht anders, als hin und wieder zu Petra zu blicken, die mir teils amüsiert, teils interessiert, zusah. Sie war so süß, wenn sie lächelte und ihre Augen leuchteten. Eine leichte Erregung ergriff mich. Ich hatte Lust mit ihr zu schlafen. Offenbar konnte ich das auch nicht verheimlichen, denn ihr Lächeln wurde zu einem breiten Grinsen, als sie unverwandt in meine Körpermitte sah. Das Ergebnis war, dass meine Männlichkeit noch weiter erigierte. Verdammt, ich bekam einen roten Kopf. Dann beeilte ich mich, in die neue Unterhose zu schlüpfen. Es handelte sich um eine Art Herrentanga, der eher knapp geschnitten war. Ich hatte Mühe, meine männliche Pracht darin zu verstauen. Jetzt lachte Petra auf, und meine Gesichtsfarbe wurde noch dunkler.

"Du wirst ja rot. Du schämst dich doch nicht etwa? Das solltest du nicht. Es ist doch schön, wenn ich dich sogar errege, solange ich bekleidet bin. Wenn wir Zeit hätten, wäre ich jetzt über dich hergefallen."

Als ich endlich in der schwarzen Jeans und dem weißen Hemd steckte, machten wir uns daran, die Wohnung zu verlassen. Im Flur stand ein Paar nagelneuer schwarzer Halbschuhe, die selbstverständlich meine Größe aufwiesen.

Die größte Überraschung jedoch stand vor der Tür. Petra hatte mir einen Leihwagen besorgt. Es war ein weißer Golf.

"Du bist unglaublich, Petra!"

"Ich weiß. Aber du würdest doch sicher das gleiche für mich tun, oder?"

Sie ließ mich fahren, und dirigierte den Weg zu Marion. Die Anwältin wohnte im Dichterviertel in Frankfurt. Der Stadtteil hatte seine inoffizielle Bezeichnung von seinen Straßen, die allesamt Namen von bekannten Dichtern trugen, und war mit den vielen Gründerzeitvillen eine bevorzugte Wohngegend. Die Fassaden der Häuser in der Straße erzählten von einer teuren Bauweise, wie sie heute nicht mehr angewandt wird.

In dem vor kurzem frisch gestrichenen, schneeweißen Haus wohnten nur vier Parteien. Das waren sehr wenige, wie mir für ein so großes Haus erschien.

Petra klingelte bei Nasdreczep, und kurz darauf summte der Türöffner.

Marion war eine schlanke, hübsche Frau mit langen, schwarzen Haaren. Als sie die Wohnungstür öffnete, trug sie kniehohe Stiefel, einen kurzen Rock und eine elegante, weiße Bluse. Hätte ich sie auf der Straße getroffen, hätte ich sie sicher für alles Mögliche gehalten, aber nicht für eine Anwältin. Vielleicht für ein Modell. Oder für die Inhaberin einer Boutique.

"Na", grinste Petra mich an, "überrascht? Ich sagte doch, Marion ist ein Vamp."

Die Anwältin lachte und streckte mir die Hand entgegen. "Hi. Du brauchst keine Angst zu haben. Ich bin nur bei Vollmond auf Jagd." Trotz meines derzeitigen Gemütszustandes musste ich lachen.

Zunächst führte sie mich in ein Gästezimmer, welches für die nächste Zeit meins sein würde. Dann setzten wir uns ins Wohnzimmer.

Petra berichtete, was wir bisher in Erfahrung gebracht hatten. Sie ließ nichts aus, und Marion hörte aufmerksam zu.

Als Petra geendet hatte, fragte Marion, an mich gewandt: "Meinst du, Sandra würde sich mit dir treffen? Es ist doch schon ein großer Zufall, dass sie angeblich gerade an dem Tag Schluss mit Stefan gemacht hat, an dem er stirbt. Vielleicht schaffst du es, sie in irgendwelche Widersprüche zu verwickeln."

"Ich habe keine Ahnung. Ich kann sie anrufen und fragen. Aber natürlich könnte es sein, dass sie dann die Polizei mitbringt."

Mit einem Nicken meinte Marion: "Das werden wir natürlich vorher überprüfen müssen. In jedem Fall ist es ein Versuch wert. Ruf' sie an!"

Da beide Frauen mich gleichermaßen erwartungsvoll ansahen, ahnte ich, dass ein sofortiges Handeln von mir erwartet wurde. Also griff ich zu meinem neuen Handy und wählte Sandras Handynummer.

Sie meldete sich mit einem einfachen "Ja".
"Hallo Sandra. Ich bin's, Uwe."
"Hallo Uwe! Die Polizei sucht dich. Sie haben von irgendeinem deiner Kollegen meinen Namen bekommen. Vorhin waren sie bei mir und haben Fragen gestellt. Was hast du denn bloß getan?"
"Nichts. Ich habe gar nichts getan, aber das glauben die mir nicht. Sandra, kann ich dich sehen?"
"Ich weiß nicht. Nein... ich meine ja... ich meine... Uwe, bitte mache mir keine Vorwürfe wegen Stefan. Ich wollte es dir sagen, aber er wollte es nicht. Er hatte... "
"Lass uns später darüber reden, in Ordnung? Wann machst du Feierabend?"
"Ich kann in zwanzig Minuten gehen. Wenn du willst, treffen wir uns in der Stadt."
"In einer halben Stunde vor dem Kaufhof?"
"Geht klar. Nur, bitte, mach' mir keine Vorwürfe, okay?"
"Werde ich nicht. Bis gleich dann."
Mit einem Druck auf den Knopf legte ich auf. Noch immer ruhten die erwartungsvollen Blicke auf mir. Ich gab das wenige wieder, das Sandra gesagt hatte.
"Du hättest fragen sollen, ob sie der Polizei erzählt hat, dass du von ihrer Beziehung zu Stefan nichts wusstest", ermahnte mich Marion.
"Da habe ich nicht dran gedacht. Aber das kann ich ja immer noch."
"Ist auch nicht ganz so wichtig. Selbst wenn sie es erzählt hat, muss die Polizei davon ausgehen, dass du es irgendwie herausgefunden hast."
Petra meldete sich zu Wort: "Uwe, auch wenn es mir nicht passt: Du solltest so tun, als hättest du noch Interesse an ihr. Sie darf nicht merken, dass du misstrauisch bist, und sie aushorchen willst."
"Das kann ich nicht. Ich kann niemandem etwas vormachen."
"Sie hat aber recht", warf Marion ein. "Du wirst sonst keine Chance haben, irgendwelche Informationen zu bekommen."
Ich blieb stumm.

"Sieh' einfach zu, was du machen kannst. Versuche es wenigstens." Petra warf mir ein aufmunterndes Lächeln zu. "Hey, es geht um dein Leben", fügte sie dann ernst hinzu.

Zehn Minuten später brach ich auf. Ich hatte mich entschieden, mit der U-Bahn in die Stadt zu fahren. Es dauerte kaum länger als mit dem Auto, und man hatte keine Parkplatzprobleme.

In weniger als zehn Minuten war ich zur Haltestelle 'Dornbusch' gelaufen. Dort zog ich einen Fahrschein. Bereits eine Minute später befand ich mich in der U2 in Richtung Innenstadt.

Marion hatte mich instruiert, wie ich mich verhalten sollte. Immerhin bestand die Möglichkeit, dass Sandra die Polizei gerufen hatte. Ich stieg also nicht an der Hauptwache aus, wo ich direkt beim Kaufhof gewesen wäre, sondern am Eschenheimer Tor. Das war eine Station vorher. Von hier lief ich langsam in Richtung Innenstadt.

Schon von weitem konnte ich Sandra ausmachen. Die 1,78m große Frau fiel in der Menge auf. Ihre glatten, blonden Haare wehten ein wenig im Wind. Zwar war sie offenbar alleine, aber wenn sie die Polizei mitgebracht hatte, würden sie sicher nicht direkt neben ihr stehen.

Ich nahm das Handy und rief sie an. Nachdem sie eine Weile in den Innereien ihrer Jacke gekramt hatte, holte sie ihr Telefon heraus und antwortete.

"Hallo Sandra. Kennst du das große Café oben im Douglas?"

"Das Café Douglas? Natürlich."

"Ich war früher an der Hauptwache und bin dorthin gegangen. Ich warte hier auf dich."

"Okay. Ich bin in fünf Minuten da."

Während sie ihr Gerät wegsteckte, ging ich bereits weiter auf sie zu. Ich musste den Abstand groß genug halten, um nicht gesehen zu werden. Auf der anderen Seite musste ich nahe genug dran bleiben, um sie und ihre Umgebung im Blick behalten zu können. Dabei musste ich noch nach verdächtigen Personen Ausschau halten, die ihr unauffällig zu folgen versuchten.

Ob ich die wirklich entdecken würde, da war ich mir nicht sicher, aber ich tat mein Bestes.

Schon sehr schnell begriff ich, dass ich einfach zu wenig Übung in diesen Dingen hatte. Nach wenigen Schritten war Sandra um die Ecke verschwunden, und ich beeilte mich, ebenfalls in die Zeil einzubiegen. Doch die große Einkaufsstraße war noch zu weit weg. Als ich die Fußgängerzone endlich erreichte, war Sandra längst in der Menge verschwunden.

Ich bog also nach links in die Zeil ein, wo ich umgehend von der gewaltigen Menschenmenge verschluckt wurde. Was taten nur all diese Leute hier? Musste in Frankfurt niemand arbeiten?

Ich versuchte, mir darüber klar zu werden, ob ich mich beeilen sollte, oder ob ich besser versuchen sollte, unauffällig zu bleiben. Sandra hatte ich sowieso verloren, also entschied ich mich, ohne Hast durch das Passantenmeer zu treiben.

Wie sollte ich oben im Café erkennen, wer ein potentieller Polizist war? Sie würden sich nicht direkt zu Sandra an den Tisch setzen. Verdammt, ich hatte keine Ahnung von dem, was ich gerade tat.

Mich jetzt erwischen zu lassen wäre entsetzlich. Heute Abend würde ich die Chance haben, den Absender der E-Mail zu identifizieren. Wenn stattdessen in den nächsten Tagen die Polizei nach einem Zugang zu den Firmencomputern fragen würde, hätte der große Unbekannte mehr als genug Zeit, seine Spuren zu verwischen. Wenn er das nicht sowieso schon getan hatte.

Kurz entschlossen lief ich am Douglas vorbei. Ich würde mich nicht einfach in die Höhle des Löwen begeben.

Bei einem Zeitungsverkäufer kaufte ich eine Rundschau, und stellte mich an eine Ecke des großen Douglas-Kaufhauses. Von hier konnte ich gut sehen wer rein- oder rausging. Ich konnte nur hoffen, dass sie den mir am nächsten gelegenen Ausgang benutzen würde. Damit ich nicht so auffiel tat ich so, als würde ich in der Zeitung lesen. Vielleicht fiel ich dadurch ja sogar mehr auf, aber ich wusste mir einfach nicht besser zu helfen.

Es dauerte eine Ewigkeit, bis Sandra das Gebäude verließ. Wahrscheinlich hatte sie unzählige Male versucht, mich auf dem Handy zu erreichen. Aber sie kannte meine neue Nummer nicht. Zum Glück hatte ich daran gedacht, bei dem neuen Gerät die Übermittlung der Rufnummer auszuschalten. So bekam der

Empfänger eines Anrufs von mir keine Nummer im Display angezeigt.

Ein glücklicher Umstand kam mir zu Hilfe. Anstatt die Zeil in Richtung Hauptwache hinunter zu laufen, ging sie in die entgegengesetzte Richtung. Das war optimal, denn auf dem Weg zur Konstabler Wache kam sie unweigerlich an mir vorbei. Bis dahin hatte sie noch einige Meter zurück zu legen, so dass ich noch nach weiteren Leuten Ausschau halten konnte, die ebenfalls aus dem Douglas kamen, und die gleiche Richtung einschlugen.

Da war eine Oma mit einem Krückstock, die von einem Jugendlichen geführt wurde. Eine Gruppe von Teenies, die mehr Haut als Stoff zeigten. Ein großgewachsener Mann mit Aktentasche, der wie ein Banker aussah. Er konnte ein Polizist sein.

Schnell hob ich die Zeitung, und dachte mir, wie billig und alt dieser Trick mit der Zeitung sei. Dass er dennoch funktionierte, erkannte ich daran, dass Sandra in einer Entfernung von zwei Metern an mir vorbei lief, ohne mich zu bemerken. Kurz danach kam der Banker vorbei, drehte aber wenig später ab und ging auf die andere Seite der Zeil. Dort bog er bald in eine Seitenstraße ein, während ich Sandra folgte.

An der Brönnerstraße war ich nur noch zwei Meter hinter ihr. Sie ging mit schnellen Schritten auf das alte Hertie-Parkhaus zu, an dessen Eingang ich sie vollends eingeholt hatte.

"Hallo Sandra."

Sie drehte sich mit einem Ruck zu mir um.

"Was soll das, Uwe? Spielen wir Katz und Maus?"

"Ich konnte nicht wissen, ob du die Polizei mitbringst", sagte ich entschuldigend.

"Hast du sie noch alle? Glaubst du, ich würde dich verraten? Dazu... dazu hänge ich noch zu sehr an dir."

"Ich weiß, so sehr, dass du dich mit meinem Freund eingelassen hast." Ich hatte ursprünglich nicht vorgehabt, ihr irgendwelche Vorwürfe zu machen, aber es platzte einfach aus mir heraus.

"Ach Mann, du hast ja keine Ahnung!", schrie sie mich an. Ich konnte diesen Gefühlsausbruch überhaupt nicht nachvollziehen. Zuerst dachte ich, er sei gespielt, aber dann sah ich Tränen in ihren Augen. Ihr Kinn zog sich in Falten, als sie versuchte, das Weinen aufzuhalten.

"Du hast überhaupt keine Ahnung", flüsterte sie.

Obwohl ich in diesem Moment starkes Mitleid mit ihr hatte, verstand ich nicht im Geringsten, worum es ging.

"Wovon sollte ich denn auch eine Ahnung haben?", fragte ich nüchtern. "Alles, was ich weiß, ist, dass du mich wegen Stefan verlassen hast. Einfach so, von heute auf morgen."

"Du verdammtes Arschloch!", brüllte sie mich an, und ließ ihre Tränen jetzt ungezügelt laufen. "Hast du mich einmal gefragt, warum? Hast du auch nur einen Ansatz gemacht, um mich zurück zu erobern? Hast du einmal angerufen, um mir zu sagen, dass du mich vermisst?"

Ich hatte Sandra noch nie so aufgebracht erlebt. Vielleicht hatte Stefans Tod sie zu sehr mitgenommen. Wahrscheinlich war es eine sehr schlechte Idee gewesen, sich mit ihr zu treffen, um ihr Fragen zu stellen.

Was sollte ich nur tun? Sie sah mich an, mit traurigen, weinenden Augen. Es musste einen besonderen Grund haben, der sie derart in Rage versetzt hatte. Ich sollte bald den Grund erfahren, im Moment aber war ich absolut ahnungslos.

Es tat mir weh, sie so leiden zu sehen. Zwar hatte die sehr schmerzhafte Trennung mit der Zeit viel von meinen früheren Gefühlen für sie zerstört, aber eine gewisse Zuneigung würde ich sicher immer für sie empfinden. Ich zog sie zu mir heran, nahm sie in meine Arme, und drückte sanft ihren Kopf an meine Schulter.

"Hey, ist ja gut."

Jetzt fing sie erst richtig an zu schluchzen. Wir standen so bestimmt fünf Minuten vor diesem Parkhaus, wobei ich ihr fortwährend übers Haar streichelte. Dann hatte sie sich beruhigt und schälte sich aus meinen Armen.

"Tut mir leid. Ich werde es dir erklären. Wollen wir uns in mein Auto setzen?"

Das wollten wir. Im zweiten Obergeschoss stiegen wir in ihren Wagen. Einige Zeit verging, ohne dass wir sprachen. Ich wollte sie nicht drängen.

Endlich begann sie zu erzählen.

"Ich weiß nicht, wie ich anfangen soll. Es... es ist alles so schlimm. Also. Kennst du den Alex?"

"Kennen ist nicht das richtige Wort. Ich habe ihn einmal gesehen. Soweit ich weiß, ist es ein alter Schulfreund von Stefan. Sie müssen grundverschieden sein, aber irgendetwas scheint sie zu verbinden." Mir fiel auf, dass ich in der Gegenwart sprach.

"Der Alexander ist das mieseste Stück Dreck, das auf der Erde herumläuft." Die Bitterkeit in diesen Worten war nicht zu überhören.

"Als du damals geschäftlich die drei Tage in Hamburg warst", fuhr Sandra fort, "gab es bei Alex eine große Party. Warst du einmal auf einer seiner Partys?"

Ich schüttelte den Kopf.

"Stefan rief mich an und fragte, ob ich mitkommen wollte. Du schienst immer Vertrauen zu ihm zu haben, er war immer sehr nett, und so dachte ich mir nichts dabei. Wir fuhren hin."

Sandra blickte jetzt starr in die Unendlichkeit. Ihre Stimme war monoton und leer, als hätte ihr das Erlebnis sämtliche Emotionen entzogen. Die Augen wirkten erloschen. "Es gab viel Alkohol. Viel Alkohol und viel Hasch. Und noch mehr Tabletten. Ich habe keine Ahnung, was die Leute sich dort alles reinwarfen. Es war erschreckend, und ich wollte gehen. Stefan bat mich, noch zehn Minuten zu warten, weil er noch mit jemandem etwas klären wollte. Dann wollte er mich heimfahren. Er gab mir noch eine Cola, und verschwand dann zu einem extrem jungen Mädchen."

Ihre Stimme wurde leicht brüchig.

"Während ich langsam meine Cola trank, wurden die Leute immer ausgelassener. Es war nicht diese normale Ausgelassenheit, wie du sie von Partys kennst. Ich meine etwas anderes. Die Frauen fingen an, sich die Oberteile auszuziehen. Ungeniert griffen sie den Männern zwischen die Beine. Nicht nur den Männern, mit denen sie gekommen waren. Es war, als interessierte es sie gar nicht, was es für ein Mann war. Ich konnte nicht mehr. Mir war es egal, wie lange Stefan noch brauchte, ich wollte da raus. Mit einem Ruck stand ich auf - und setzte mich prompt wieder hin. Mir war plötzlich schwindelig, alles dreht sich um mich herum. Irgendwie schien mit einem Mal alles sehr weit weg zu sein. Ein weiteres Mal versuchte ich, aufzustehen, aber dieses Mal schaffte ich es überhaupt nicht. Also blieb ich sitzen und wartete. Wie in einem schlimmen Traum ging der Trubel um mich herum weiter. Nach einer Ewigkeit kam Stefan zu mir und setzte sich neben mich. Ohne auch nur zu zögern legte er seine Hand zwischen meine Beine und sagte, dass ich austrinken sollte. Dann würden wir gehen. Es war alles so unwirklich. Statt seine Hand wegzustoßen trank ich tatsächlich meine Cola aus. Dann drehte sich alles noch mehr, und meine Erinnerung setzte aus. Wahrscheinlich ist es auch das Beste, dass ich mich an nichts weiter erinnere."

In Gedanken versunken verstummte sie. Als sie auch nach mehreren Minuten nichts sagte, fragte ich: "Aber damit ist die Geschichte doch noch nicht zu Ende, oder?"

"Nein", kam sofort ihre Antwort. Jetzt war es fast so, dass ihre Stimme sich in meine Ohren ätzte, so sehr war sie von Bitterkeit erfüllt. "Nein, sie ist noch nicht zu Ende. Sie fängt erst an. Am nächsten Morgen erwachte ich in einem fremden Bett. Ich wusste nicht, wo ich war. Neben mir lag Stefan. Weder er noch ich waren bekleidet. Mit einem hungrigen Blick starrte er mich an und erklärte mir, dass er mich schon immer haben wollte."

Sie dachte kurz nach, und fuhr dann in leicht verändertem Ton fort: "Aber lass' es mich kurz machen. In meiner Cola waren irgendwelche Drogen. Ich habe noch immer keine Ahnung, was es genau war, und es spielt auch keine Rolle. Offenbar hat Alex für solche Situationen ein eigenes Zimmer mit einem großen Bett eingerichtet. Das haben sie benutzt."

"Sie?", fragte ich erstaunt, weil ich zunächst davon ausging, dass es sich nur um Stefan drehte.

"Ja, Stefan und Alex. Ich kann dir gar nicht erzählen, was Stefan alles mit mir getrieben hat. Es ist einfach zu schlimm. Ich bin nur glücklich darüber, dass ich es nicht bewusst miterlebt habe. Ich erinnere mich an gar nichts mehr, was in dieser Nacht geschehen ist."

"Aber sie haben es dir erzählt?", vermutete ich.

"Viel schlimmer, Uwe. Während Stefan... während er... all diese Dinge mit mir tat, hat Alex Fotos gemacht. Ich musste sie mir am Morgen alle ansehen. Am liebsten wäre ich im Erdboden versunken. Mein Gott, Uwe... ich habe ausgesehen... als ob... als ob ich es mit riesigem Spaß gemacht hätte..." Die letzten Worte gingen in ein herzzerreißendes Schluchzen über, bei dem sie sich mir in den Arm warf. Es musste eine sehr unbequeme Haltung für sie gewesen sein, halb verdreht von einem Autositz zum anderen herübergelehnt. Aber sie schien es nicht zu merken. Einige Minuten weinte sie sich an meiner Schulter aus. Ich hatte einen Kloß im Hals und wusste nichts zu sagen. Tröstend ihre Haare und ihren Rücken streichelnd hing ich meinen Gedanken nach.

Obwohl sie es nicht erzählt hatte, war mir klar, dass Stefan sie mit den Bildern erpresst haben musste. Entweder sie würde mit ihm zusammen sein, oder er würde mir die Bilder zeigen. Dazu hätte er sich dann als Unschuldslamm hingestellt und behauptet, sie hätte ihn verführt, wie einige Bilder sicher deutlich machen würden. Vermutlich hatte er sogar damit gedroht, ihre Karriere mit den Bildern zu ruinieren. Zwar hatte ich keine Vorstellung davon, ob das möglich war, aber wenn er es ihr richtig verkauft hatte...

"Ich liebe dich", hörte ich irgendwann ihre flüsternde Stimme. "Ich liebe dich noch immer, Uwe. Ich habe nie aufgehört, dich zu lieben."

Verdammt, ich mochte sie noch. Ich mochte sie sogar sehr, und es schmerzte entsetzlich, sie so leiden zu sehen. Aber ich hatte mittlerweile Petra viel lieber gewonnen.

Jetzt sah ich, dass mein Hass, den ich gegen Sandra zu entwickeln versucht hatte, nicht gerechtfertigt gewesen war. Ich dachte, sie hatte mich einfach kurzerhand für einen anderen fallen gelassen, eiskalt, ohne irgendwelche Gewissensbisse. Feige hatte sie unsere Beziehung mit einem wenig sagenden Brief beendet, in dem lediglich stand, dass sie einen Stefan kennen gelernt hatte, und jetzt mit ihm zusammen sei.

"Bitte sag' etwas", holte mich ihre noch immer flüsternde Stimme in die Gegenwart zurück. "Sag mir, dass du mich auch noch liebst, Uwe. Bitte."

Der Kloß in meinem Hals musste nun bald meine Haut durchstoßen, so groß wurde er. Ich fühlte mich miserabel. Was sollte ich ihr sagen?

Jetzt sah sie auf. Mit ihren feuchten Augen schaute sie direkt in meine. "Sag es, Uwe. Sag, dass du unsere Zärtlichkeiten nicht vergessen hast. Sag, dass du meinen Körper nicht abstoßend findest, nur weil Stefan ihn benutzt hat. Es hat mir nie gefallen mit ihm. Ich habe es gehasst. Und vorgestern habe ich ihm einen Brief geschrieben, in dem ich ihm mitteilte, dass er sich zum Teufel scheren sollte. Du wolltest sowieso nichts mehr von mir wissen, nahm ich an, also konnte er in dieser Richtung keinen Schaden mehr anrichten. Und was er sonst mit den Bildern machen wollte... soll er sie doch meinen Eltern schicken. In einem Jahr würde auch da wieder Gras drüber gewachsen sein. Ich konnte es einfach nicht mehr, verstehst du?"

Das verstand ich absolut. Aber ansonsten war ich nur noch durcheinander. Unsere ganze Trennung war unehrlich, war nicht echt, entbehrte jeder Grundlage. Und ich war eine neue Beziehung eingegangen. Doch woher hätte ich das alles wissen sollen? Hätte ich Sandra wirklich hinterherlaufen sollen? Hätte ich sie dazu kriegen können, mir früher alles zu erzählen?

Sandra legte ihre Lippen auf meine. Ich ließ es geschehen. Als ihre Zunge sachte in meinen Mund eindrang, schmeckte ich ihren mir so bekannten Geschmack, roch ihren vertrauten Geruch. Für einen Moment war ich fast besinnungslos, unfähig zu denken. Die tiefe, innere Wärme, die sich stets eingestellt hatte, wenn ich mit Sandra zusammen war, überkam mich wie kochendes Wasser. Eine Sekunde lang erwiderte ich den Kuss. Dann drückte ich sie vorsichtig von mir.

Mit flehenden Augen sah sie mich an. "Du liebst mich noch, Uwe. Das spüre ich doch. Du wolltest auch, dass ich dich küsse."

Verdammt! Verdammt, verdammt, verdammt!

Ich konnte keinen klaren Gedanken fassen. Alle möglichen Dinge wirbelten mir sinnlos durch den Kopf. Ich musste weg hier, raus aus diesem Auto.

"Entschuldige Sandra. Ich muss nachdenken. Ich... ich kann dir jetzt nichts sagen. Lasse mich das bitte erst mal verarbeiten."

Damit stieß ich die Tür auf und sprang aus dem Auto. So schnell ich konnte warf ich die Tür zu und eilte davon. Eine weitere Autotür wurde geöffnet.

"Uwe?", rief Sandra hinter mir her. Mir blieb nichts anderes übrig, als mich umzudrehen. Sie stand in der offenen Fahrertür.

"Ja?"

"Wirst du über uns nachdenken?"

Nach kurzem Zögern nickte ich. "Ja, das werde ich."

"Ich liebe dich, Uwe."

Nach einem weiteren Nicken drehte ich mich endgültig herum und verschwand.

Voller Unruhe lief ich zurück zur Hauptwache. Die Menschen, die mir entgegenkamen oder neben mir liefen, nahm ich kaum wahr.

Ich bekam kaum mit, wie ich mir einen neuen Fahrschein zog. Ebenso wenig konnte ich mich später daran erinnern, wie ich die Bahn bestiegen hatte. Tausend Gedanken wirbelten durch mein Hirn, umkreist von tausend verschiedenen Gefühlen.

Langsam kristallisierte sich aus dem Wirrwarr von Gehirnströmen ein immer wiederkehrender Verdacht. So sehr ich mich auch bemühte, ihn zu unterdrücken, es gelang mir nicht. Wer, fragte ich mich, hatte ein größeres Motiv als Sandra? War Sandra in der Lage, einen Menschen zu erschlagen? War nicht jeder Mensch in der Lage, einen anderen Menschen umzubringen, wenn er ihn nur ausreichend hasste? Und Sandra hatte allen Grund, Stefan zu hassen, so sehr, wie ich vermutlich in meinem ganzen Leben niemanden hassen würde. Aber hätte sie den Verdacht bewusst auf mich gelenkt? Hatte sie überhaupt das nötige technische Verständnis für die Sache mit der Fake-E-Mail? Das hielt ich für ausgeschlossen. Und wenn sie einen Helfer gehabt hatte? Nein, die Gefühle, die sie mir gegenüber eben offenbart hatte, waren echt, daran hatte ich keinen Zweifel.

Und wie stand es mit meinen Gefühlen? Wenn ich es genau betrachtete, hatte ich Sandra eigentlich nie wirklich verloren, auch wenn es für mich so ausgesehen hatte. Was empfand ich noch für sie? Hatte sich nun etwas an meinen Gefühlen für Petra geändert? Bei dem Gedanken an Petra und daran, dass ich sie verlassen könnte, verspürte ich einen Stich im Herzen. Nein, es hatte sich nichts geändert. Ich liebte Petra. Und doch hatte ich Mühe, mir vorzustellen, wie ich Sandra abwies. Verdammt.

Und Stefan, von dem ich dachte, er sei mein Freund gewesen? War er es jemals gewesen? Hatte er mich öfter hintergangen, oder nur dieses eine Mal? Wurde er lediglich von Gefühlen für Sandra überwältigt worden, und wusste sich nicht anders zu helfen? Aber nein, die Sache mit den Drogen und den Bildern zeichnete eine sehr skrupellose und berechnende Person. Er war nicht die Person gewesen, für die ich ihn gehalten hatte. Was hatte er wohl noch alles auf dem Kerbholz gehabt?

Beinahe wäre ich an der Station Dornbusch sitzen geblieben. Erst im letzten Moment erkannte ich, dass ich aussteigen musste. Abrupt stand ich auf und stürzte zur Tür. Ich erreichte sie, als sie sich gerade schließen wollte. Schnell sprang ich zwischen die sich nähernden Türhälften hindurch auf den Bahnsteig.

Bald erreichte ich das Haus in der Mörikestraße, in dem Marion wohnte.

Glücklicherweise war sie zuhause.

"Du hast Glück", erklärte sie mir, als sie mich in die Wohnung ließ. "Ich war noch einmal in der Kanzlei, und bin eben erst wieder gekommen. Eigentlich wollte ich dir einen Schlüssel mitgeben, habe es aber vergessen. Damit das nicht wieder passiert, nimm ihn am besten jetzt gleich an dich." Dabei drehte sie ihn auch schon von einem Schlüsselring und reichte ihn mir.

"Setze dich ins Wohnzimmer, ich bin gleich bei dir. Ich habe schon einen Kaffee gemacht."

Bevor ich das Wohnzimmer betrat, zog ich meine Schuhe aus. Irgendwie empfand ich die ganze Wohnung als nobel, und wollte keinen Dreck machen. Sämtliche Möbel sahen teuer aus, und der Fußboden war mit echtem Parkett belegt, auf dem ich nicht einen Kratzer entdecken konnte.

Im riesigen Wohnzimmer setzte ich mich auf die ebenso riesige, U-förmige, beigefarbene Couch. Mein Blick fiel auf ein Bild von Walasse Ting, das zwei Papageien zeigte. Obwohl ich fand, dass es nicht schwer sein musste, ein solches Bild zu malen, wenn man ein bisschen begabt war, gefiel es mir. Aber ich verstand nicht viel von Kunst.

Marion erschien mit einem Tablett, auf dem sich neben zwei Tassen, der Zuckerdose und der Kaffeekanne auch ein Teller mit Käsekuchen befand. Außerdem gab es noch zwei Frühstücksteller nebst Kuchengabeln.

Während Marion servierte, erzählte ich von meiner Begegnung mit Sandra.

"Hältst du es für möglich, dass sie dahinter steckt?", fragte sie, als ich geendet hatte.

"Nein, das glaube ich kaum."

"Was meinst du, was ich in meinem Job schon alles erlebt habe? Zu jedem Täter gibt es Dutzende Menschen, die ihm die Tat nicht zugetraut hätten."

"Das glaube ich schon. Ich kann mir sogar vorstellen, dass sie in der Lage gewesen wäre, Stefan umzubringen. Aber sie hätte niemals versucht, mich zu belasten."

"Armer Kerl", murmelte Marion.

"Wie bitte?"

"Ach, nichts."

"Doch, sag' nur, was du denkst."

"Wie viele Menschen habe ich schon gesehen, die sich von dem anderen Geschlecht haben einwickeln und benutzen lassen? Es waren sicher Hunderte. Aber ich will dir natürlich nicht vorschreiben, was du zu denken hast. Nach dem, was ich von Petra über dich weiß, hast du wohl ein ganz gutes Urteilsvermögen."

"Wo ist sie eigentlich? Hat sie gesagt, ob sie noch mal kommt?"

"Sie wollte kurz ins Büro gehen. Danach ist sie sicher nach Hause gegangen. Sie hat Frank angerufen. Ich glaube, es gab etwas Dringendes. Da du nachher sowieso zu Bernd Polert fährst, hat sie zu Frank gesagt, er könne heute Abend zu ihr kommen."

Da war er wieder, dieser Frank, den Petra ungeniert mit 'Schatz' anredete. Mein Herzschlag beschleunigte sich.

"Kommt sie nach der Verabredung vielleicht noch mal her?"

Marion lachte. "Das kann ich mir nicht vorstellen. Wenn die was zu bequatschen haben, dann dauert es die halbe Nacht. Und ohne eine gehörige Portion Rotwein kommen sie auch nicht aus."

Ich verbiss mir die Frage, ob Marion mir etwas mehr über Frank erzählen konnte. Dafür versuchte ich, meine Eifersucht unter Kontrolle zu bringen. Zwang mich, an Sandra zu denken. Die Beziehung mit ihr war bis zum Ende immer unproblematisch gewesen. Szenen, in Folge derer ich eifersüchtig wurde, hatte es nie gegeben.

Gedankenverloren aß ich mein letztes Stückchen Kuchen auf.

"Wann willst du losfahren?", fragte Marion, die meine Gedanken vermutlich nicht erraten konnte.

"Gegen Viertel vor acht."

"Dann haben wir nicht mehr viel Zeit. Nimm dir noch etwas von dem Kuchen, ich gehe mich schnell umziehen."

Fragend zog ich die Augenbrauen hoch. "Wir?"

"Ich werde dich hinfahren." Ohne weitere Erklärungen abzugeben verschwand sie aus dem Zimmer.

Als sie zurückkam, war sie mit einer Jeans und einem roten T-Shirt bekleidet. Beides saß eng genug, um ihre hübsche Figur klar herauszustellen. Dazu hatte sie sich rot-weiße Sportschuhe von Puma angezogen.

"Lass' uns fahren", sagte sie aufmunternd.

Sie nahm sich eine dünne Lederjacke mit, und gab mir eine alte Jeansjacke, offensichtlich aus ihrem Altkleiderbestand.

Die Bürostadt Niederrad, auf der südlichen Mainseite von Frankfurt gelegen, war um diese Uhrzeit schon fast leer. Die meisten Bürohäuser waren dunkel. Nur vereinzelte Fenster waren noch erleuchtet, hinter denen die hochbezahlten Manager bis spät in die Nacht hinein arbeiteten.

Marion fuhr zunächst an dem Haus, in dem ich arbeitete, vorbei. Vom Beifahrersitz aus konnte ich sehen, dass nur noch die Fensterreihe von Bernds Büro beleuchtet war. Ich konnte es nur sehen, weil sein Zimmer im vierten Stock lag. Alles, was sich darunter befand, entzog sich meinen Blicken. Das lag daran, dass mein Sitz bis zu einer liegenden Position heruntergekurbelt war. Marion hatte darauf bestanden. Jetzt fuhr sie in einem großen Bogen weiter durch die Bürostadt.

"Es scheint nur noch Bernd Polert da zu sein", teilte ich meine Vermutung mit.

"Oben schon, unten nicht."

"Was meinst du mit 'unten nicht'?"

"Ich habe mindestens drei Wagen von der Polizei gesehen. Keine normalen Streifenwagen, sondern Fahrzeuge von der Kripo. Polert hat dich verraten, Uwe." Ihr Tonfall verriet, dass es sie nicht im Mindesten erstaunte.

"Woran kannst du sie erkennen?", wollte ich wissen.

"Wenn du ein paar Jahre in diesem Geschäft bist, kennst du sie einfach alle. Ab und zu kommt mal ein neuer Wagen dazu. Nach kurzer Zeit kennst du ihn auch."

Für sie schien es ganz alltäglich zu sein, Fahrzeuge der Kripo zu identifizieren. Bei mir sah es ganz anders aus. Mein Puls beschleunigte sich, und ich hatte Angst, dass wir gleich angehalten würden. Doch es passierte nichts. Warum sollte die Polizei auch einen Wagen mit einer einzelnen Frau anhalten? Es war sehr vorausschauend von Marion gewesen, mich nicht normal sitzen zu lassen. Dabei wäre ich sofort entdeckt worden. Mit Bewunderung für ihren Weitblick fragte ich mich, ob sie öfter mit Verdächtigen durch die Nacht fuhr, um Beweise zu sammeln. Zumindest machte sie auf mich keinen nervösen Eindruck.

"Das wird eine lange Nacht", sagte sie, wobei sie offenbar einparkte. Ich hatte versucht, anhand der Gebäudedächer zu verfolgen, wo wir hinfuhren, doch sie war irgendwann in eine mir unbekannte Straße eingebogen, und ich hatte keine Ahnung, wo wir uns befanden.

"Kann ich den Sitz wieder hochstellen?"

"In keinem Fall!"

"Worauf warten wir hier?"

"Darauf, dass wir alleine sind. Irgendwann wird ihnen aufgehen, dass du nicht mehr kommst. Dann verschwinden sie. Ich hoffe, du hast deine Büroschlüssel bei dir?"

"Ja. Aber meinst du nicht, dass sie jemanden dort abstellen?"

"Glaube ich nicht. Sie werden nicht erwarten, dass du es ohne Polert versuchen wirst."

"Ich weiß auch nicht, ob ich ohne ihn etwas erreichen kann."

"Dann werden wir heute Nacht herausfinden, wie gut du bist. Oder wie schlecht."

Darauf wusste ich nichts mehr zu sagen. Eine Weile waren wir still. Es war langweilig und ermüdend.

"Wollen wir nicht erst heimfahren und in ein paar Stunden wiederkommen?", fragte ich, einigermaßen genervt.

"Entweder das, oder wir beschleunigen den Vorgang."

"Wie sollten wir das können?"

"Du rufst Bernd Polert an und sagst ihm, es sei dir etwas dazwischen gekommen. Sag ihm, du musst heute Abend unbedingt zu einem Freund, der dir vielleicht helfen könnte. Dann machst du einen neuen Termin für morgen Abend aus."

Bernd ging bereits beim ersten Klingeln ans Telefon. Es war, als hätte er auf den Anruf gewartet. Schnell erklärte ich ihm, was Marion vorgeschlagen hatte. Er versuchte, mich am Telefon zu behalten, und fragte, unter welcher Telefonnummer ich zu erreichen sei. Einigermaßen unhöflich brach ich das Gespräch ab.

"Sehr gut, Uwe. Jetzt schalte das Handy ab, und tausche die Karte aus. Diese ist verbrannt. Du darfst sie nicht mehr benutzen."

Eine halbe Stunde später startete sie den Motor und fuhr erneut durch die Lyoner Straße. Beim Vorbeifahren sah ich, dass Bernd nicht mehr in seinem Büro zu sein schien. Alles war dunkel. Bevor Marion den Wagen parkte, fuhr sie noch zweimal die komplette Straße entlang. Erst danach war sie sich sicher, dass keines der Polizeifahrzeuge zurückgeblieben war. Nachdem sie den Motor abgestellt hatte, reichte sie mir einen Schlüssel.

"Das ist der Zweitschlüssel für mein Auto. Ich glaube zwar nicht, dass sie jemanden hier gelassen haben, aber man kann nie wissen."

Gemeinsam verließen wir den Wagen, und liefen mit langsamen Schritten auf das Gebäude zu. Marion hatte in einiger Entfernung geparkt. So hatten wir noch Zeit, mit den Augen alle möglichen Ecken am Gebäude abzusuchen. Doch es gab nichts zu entdecken. Ungestört erreichten wir die Eingangstür. Trotzdem zitterte ich vor Angst am ganzen Körper. Marion hingegen schien immer noch die Ruhe in Person zu sein. Was hatte sie auch zu befürchten?

Ich hatte die Schlüssel für das Gebäude und für die meisten Büros, es war immerhin mein Arbeitsplatz. Somit konnte man es nicht als Einbruch ansehen, was wir taten.

Nachdem wir die Tür hinter uns geschlossen hatten, fragte ich, ob ich das Treppenhauslicht einschalten sollte.

Wir entschieden uns dagegen. Zwar mussten wir spätestens in den Büros im oberen Stockwerk Licht machen, aber das würde hoffentlich nicht so sehr auffallen, als wenn plötzlich der ganze Eingangsbereich hell erleuchtet war.

Im Dunkeln schlichen wir die Treppe hinauf. Als erstes suchte ich mein Büro auf und startete den eigenen Computer. Ich wollte überprüfen, ob ich noch immer die gleiche IP-Adresse hatte wie am Vortag. Die Systembetreuer hatten die Möglichkeit einzustellen, wie lange ein Computer die gleiche Adresse behalten konnte. Es war sogar möglich, alles so einzustellen, dass ein PC immer wieder dieselbe Adresse bekam. Nun wollte ich feststellen, wie es in meinem Unternehmen gehandhabt wurde. Wenn ich die gleiche Adresse wie am Vortag hatte, dann war die Wahrscheinlichkeit sehr groß, dass auch der PC noch die selbe Adresse hatte, von dem die Mail an Stefan versandt worden war.

Rasch hatte ich nachgeschaut, und ja, meine IP-Adresse war die alte geblieben. Das war für mich der erste Schritt zum Erfolg. Ich würde mir zwar keinen Zugriff auf den Server verschaffen können, der die IP-Adressen vergab, aber ich konnte jeden Arbeitsrechner rauffahren, mich dort mit meinem Benutzernamen anmelden, und die Netzwerkadresse überprüfen. Das war zwar sehr zeitintensiv, aber ich hatte die halbe Nacht Zeit dafür.

Gemeinsam liefen Marion und ich durch alle Räume, und schalteten einen Computer nach dem anderen an. Danach begannen wir von vorne, um überall meinen Benutzernamen und mein Passwort einzutippen.

Als wir damit fertig waren, zeigte ich ihr, wie sie nach der IP-Adresse sehen konnte. Da auf allen Rechnern Windows 2000 lief, war es überall gleich. Es war sehr einfach. Über 'Start/Ausführen' gab man den Befehl 'cmd' ein, um ein Betriebssystemfenster zu öffnen. Hier brauchte man nur noch das Kommando 'ipconfig' abzusetzen, und schon bekam man verschiedene Netzwerkdaten angezeigt, unter anderem die jeweilige IP-Adresse.

Nun brauchten wir sie nur noch mit der Absenderadresse von der Mail zu vergleichen, die ich angeblich an Stefan geschickt hatte.

Es dauerte anderthalb Stunden. Das Ergebnis war niederschmetternd. Keiner der Computer hatte die gesuchte Adresse.

"Dann muss es einer der Server sein", sagte ich nachdenklich. "Da komme ich mit meinem Passwort aber nicht rein."

"Überhaupt keine Chance, das Passwort zu knacken?"

"Nein. Natürlich gibt es Programme, die das könnten. Aber zum einen habe ich die nicht hier, und zum anderen würden die eine Ewigkeit laufen."

Resigniert setzte ich mich auf einen Bürostuhl. Was konnte ich tun? Vielleicht die Schreibtische durchsuchen, um zu sehen, ob jemand die Passworte irgendwo aufgeschrieben hatte? Mehr als unwahrscheinlich...

Dann fiel mir noch etwas ein. "Wir haben noch ein paar Server, die nicht auf Windows, sondern auf Redhat Linux laufen. Die kann ich noch überprüfen."

"Brauchst du dafür kein Passwort?" Marion schien skeptisch.

"Eigentlich schon, aber ich weiß, wie man die Passwortabfrage umgehen kann, wenn man sie neu startet." Schon war ich unterwegs, um die Geräte zu suchen. Da alle PCs einen Aufkleber mit dem Computernamen trugen, und sich darin auch die Art des Betriebssystems verbarg, waren die Linux-Maschinen leicht aufzufinden. Diese Geräte waren alle bereits eingeschaltet, denn sie liefen Tag und Nacht, ebenso wie die Windows-Server. Ich musste sie zunächst ausschalten. Das war nicht gerade die feine Art, denn normalerweise musste man Computer vor dem Abschalten immer sauber herunterfahren. Das konnte man unter Linux aber nur, wenn man sich einloggen konnte, wofür man wiederum das Passwort brauchte. Es war mir egal. Ich betätigte bei dem ersten den Ausschalter, wartete einige Sekunden, und startete das Gerät neu. Zum richtigen Zeitpunkt drückte ich das die Taste 'E', um in den Änderungsmodus für das Startprogramm zu kommen. Hier änderte ich den so genannten 'Run Level' auf eins, und drückte dann das 'B' zum 'Booten'. Der PC startete ohne Passwortabfrage mit dem einfachen Konsolbildschirm. Ich hatte die vollen Rechte des Administrators.

Schnell wechselte ich in das Verzeichnis, in dem die Konfigurationsdateien für das Netzwerk zu finden waren. Wie ich es erwartet hatte, waren unsere Linux-Geräte mit einer statischen IP-Adresse konfiguriert. Hier änderte sich die Adresse nie. Nachdem ich sie ausgelesen hatte, startete ich das Gerät erneut, und ließ es wieder im normalen Modus starten. Auf der Anmeldemaske ließ ich ihn stehen. Jetzt benötigte man wieder das richtige Passwort, um sich einloggen zu können. Wenn sich dem eigentlichen Benutzer am nächsten Morgen auch das übliche Bild bieten würde, stand für mich außer Frage, dass man meinen unberechtigten Zugriff in jedem Fall feststellen würde. Es spielte für mich keine Rolle.

Ich ging zum nächsten Rechner, und das Spiel begann von neuem.

Nach neun weiteren Computern war ich völlig entmutigt. Es blieb nur noch ein Gerät mit Linux übrig, und das war Mark Schiemens Rechner. Alles andere waren Windows-Server, auf die ich keinen Zugriff hatte.

Marion musste meinen Gemütszustand bemerkt haben. Sie stellte sich hinter mich, als ich auf Marks Stuhl saß, und legte mir die Hand auf die Schulter. So spendete sie mir Trost, auch ohne etwas zu sagen.

Ich ließ gerade die Konfigurationsdatei anzeigen - und erstarrte. Vor mir sah ich sie: Die IP-Adresse, mit der die E-Mail an Stefan geschickt worden war! Mark. Linux. Natürlich, das war es, was ich übersehen hatte. Die ganze Zeit über war ich davon ausgegangen, dass sich jemand meines Passworts bemächtigt hatte, um in meinem Namen eine E-Mail zu verschicken. Aber es gab noch eine viel einfachere Möglichkeit, und die hieß Linux. Von einem Linux-Rechner aus war es ein Leichtes, eine E-Mail mit einer beliebigen Absenderadresse zu verschicken. Ich selber hatte einmal zum Spaß eine Mail an Sandra geschickt, die als Absender die Adresse 'ronan.keating@sony-music.com' trug. Da Sandra sein Fan war, hatte ich ihr so einen gefaketen Geburtstagsglückwunsch von Ronan Keating übermittelt. Es war keine große Kunst gewesen.

Aber warum Mark? Ich begriff nicht, wo es da einen Zusammenhang gab. Vergeblich durchforschte ich mein Gedächtnis, ob ich Stefan und Mark jemals zusammen gesehen hatte.

Das Geräusch einer zufallenden Tür irgendwo im Haus ließ mich jäh zusammenfahren.

"Sind hier noch andere Firmen im Haus?", fragte Marion.

"Nein. Und der Wachdienst kommt nicht ins Haus. Es wird nur von außen kontrolliert, ob keine Fensterscheiben eingeschlagen sind und alles abgesperrt ist. Die Wachleute sind es gewohnt, dass hier manchmal bis spät in die Nacht gearbeitet wird."

"Dann raus hier", sagte sie gehetzt und zerrte mich vom Stuhl. So leise wir konnten rannten wir los. An der Tür zum Treppenhaus hielten wir inne und lauschten. Es waren Schritte zu hören. Sehr leise, aber sie waren da.

"Wo können wir uns verstecken?", fragte Marion.

Ich überlegte einen Moment und entschied mich dann für den Technikraum.

"Komm mit", sagte ich, statt ihr eine direkte Antwort zu geben. Dabei nahm ich ihre Hand und zog sie hinter mir her. Nachdem wir den halben Gang hinunter gehetzt waren, wandte ich mich einer schweren Metalltür zu. Wie ich wusste, war sie verschlossen. Neben dem normalen Schloss gab es eine kleine Zahlentastatur, über die man eine Geheimzahl eingeben musste, damit die Alarmanlage beim Öffnen der Tür nicht losging. Während ich mit der rechten Hand nach meinem Schlüssel suchte, tippte meine linke die fünfstellige Zahl ein. Ein kurzes Piepsen signalisierte, dass die Tür nun eine halbe Minute lang geöffnet werden konnte. Hastig suchte ich nach dem Schlüssel, wählte zunächst den falschen aus, und suchte erneut. Als ich den nächsten, meiner Meinung richtigen Schlüssel ins Schloss steckte, piepste es erneut. Eine kleine, rote Leuchte an der Tastatur zeigte an, dass die Tür nun wieder gesichert war.

Ich gab die Zahlenkombination erneut ein. Dabei sah ich immer wieder ängstlich den Gang hinunter, jeden Moment darauf gefasst, dass sich die Eingangstür öffnen konnte.

Mit einer Umdrehung des Schlüssels öffnete ich die Metalltür, und wir schlüpften in den schmalen, etwa fünf Meter langen Gang dahinter. Beim Schließen der Tür achtete ich darauf, die Tür nicht zufallen zu lassen. Behutsam ließ ich sie mit niedergedrückter Klinke, die es nur auf der Innenseite gab, in den Rahmen gleiten. Nachdem ich die Klinke ebenso vorsichtig losgelassen hatte, vernahm ich das Summen des kleinen Elektromotors, der die Tür automatisch wieder verriegelte.

Mit einem Nicken deutete ich auf die Tür am anderen Ende des Ganges. Auf leisen Sohlen schlichen wir hin. Auch hier musste ich sowohl den Schlüssel benutzen, als auch eine Geheimzahl eingeben.

Dann standen wir in dem dunklen Technikraum. Augenblicklich begann ich zu frösteln. Wegen der vielen empfindlichen Geräte war dieser Raum stark klimatisiert. Im Gegensatz zur warmen Luft im restlichen Gebäude erschien es regelrecht kalt.

Ich überlegte, ob es schaden könnte, wenn ich das Licht einschaltete. Der Raum hatte keine Fenster. Das Licht würde kaum unter den dicht schließenden Türen durchscheinen, denn um eine bessere Isolation zu erreichen, war jede noch so kleine Öffnung durch eine Dichtung verschlossen.

Flackernd begannen die Leuchtstoffröhren ihren Dienst aufzunehmen, als ich den Schalter betätigte. Marion stand direkt neben mir, und auf ihren nackten Armen sah ich eine Gänsehaut. Sie sah sich um.

Der Raum maß etwa zehn auf sechs Meter. Die nackten, weißen Wände waren überwiegend frei. Sämtliche Schränke standen in vier Reihen mitten im Raum. Es waren ausschließlich Schränke aus Metall, die zur Aufnahme von Geräten der Informationstechnologie bestimmt waren.

Sowohl die laufende Klimaanlage, als auch die pausenlos aktiven Geräte erzeugten ein monotones, rauschendes und brummendes Geräusch.

"Wie viele Türen gibt es hier?"

"Zwei. Die andere Seite sieht genauso aus. Auch dort gibt es einen kleinen Gang und die doppelt gesicherten Türen."

"Wo führt die andere Seite hin? Gibt es dort ein weiteres Treppenhaus, das auf der anderen Hausseite hinabführt?"

"Nein. Es führt in den parallel verlaufenden Gang, in dem wir vorhin schon einmal waren. Wenn wir raus wollen, müssen wir den gleichen Weg nehmen, den wir gekommen sind."

"Das hilft uns nicht weiter."

"Ich weiß", antwortete ich. "Und hier hören wir nicht mal, was draußen vor sich geht."

In Gedanken versuchte ich mir vorzustellen, was passiert war. Vielleicht hatte die Polizei doch jemanden abgestellt, der das Haus beobachtet hatte.

Dann fiel mir etwas anderes ein.

"Verdammt", flüsterte ich.

"Ja, wir sitzen hier fest", entgegnete Marion, die meine Äußerung falsch gedeutet haben musste.

"Das meine ich nicht. Wenn es das nur wäre."

"Was meinst du dann?" Sie blickte mich mit großen, fragenden Augen an.

"Wenn es die Polizei ist, die gerade gekommen ist, dann wird irgendwer ihnen die Türen aufschließen. Ich vermute, das wird kein anderer sein, als Bernd Polert. Immerhin hatte er mich ja auch an sie verraten. Und was meinst du wohl, was Bernd machen wird, wenn er merkt, dass ich an allen Computern war? Er wird es am Morgen unserem lieben Kollegen Mark erzählen. Der wird sofort eins und eins zusammenzählen und wissen, dass ich mir seine IP-Adresse angesehen habe. Und dann wird er..."

Der fragende Ausdruck ihres Gesichtes wurde von jähem Verstehen abgelöst.

"Er wird sie ändern", flüsterte sie. "Man wird nicht mehr nachvollziehen können, dass die Mail von seinem PC geschickt worden ist."

"Genau. Er wird alle Spuren verwischen, die noch übrig sind. Dann ist er gewarnt und weiß, wonach ich gesucht habe. Vielleicht sorgt er sogar dafür, dass irgendein anderer Rechner diese

Adresse bekommt. Ein Rechner, den ich durchaus hätte benutzen können."

Damit würde der Beweis eliminiert sein, der mich entlastet, und Mark belastet hätte.

"Vielleicht solltest du dich jetzt stellen?", schlug Marion vor.

"Nein. Mark wird nicht ganz zu unrecht sagen, dass ich es dieses Mal geschafft hatte, mich in seinen Computer einzuloggen, also konnte ich es auch schon früher geschafft haben. Außerdem kann er behaupten, dass ich eben die IP-Adresse erst eingestellt habe. Damit, dass sein Rechner die Adresse hat, ist noch gar nichts bewiesen. Ich muss versuchen, mit Mark zu sprechen."

Marion nickte. "Wir müssen hier raus und in Ruhe nachdenken, wie wir weiter vorgehen."

"Wenn wir hier heraus wollen, dann müssen wir mindestens durch das Treppenhaus nach unten gehen."

Mit einem tiefen Atemzug schüttelte sie den Kopf. "Du hast ja nicht einmal überlegt, Uwe. Lass' uns überlegen."

"Dann müssen wir aber schnell überlegen. Es ist eindeutig, dass ich in den Büros war. Alle Geräte sind mit meinem Namen eingeloggt. Sobald sie die anderen Räume und Stockwerke durchsucht haben, kommen sie hierher. Vielleicht sogar früher."

"Gut. Also. Wo sind wir hier?"

"Das ist der Raum mit der wichtigsten Netzwerktechnik. Hier laufen alle Netzwerkleitungen von den einzelnen Computern zusammen. Außerdem stehen hier die wichtigsten Windows-Server. Hier liegt auch die Standleitung, die unsere Verbindung zum Internet darstellt."

"Zum Internet? Dann muss sie das Gebäude verlassen, oder?"

"Ja, natürlich. Es ist eine Glasfaserleitung, die direkt zum DE-CIX in der Hanauer Landstraße führt."

"Was immer das sein mag", sagte Marion. "Aber wie kommt dieses Kabel nach unten? Gibt es vielleicht einen Schacht?"

"Natürlich gibt es einen Schacht. Man weiß ja nie, ob man nicht irgendwann noch weitere Kabel benötigt."

"Klasse! Wie groß ist dieser Schacht, und wo befindet er sich?"

"Er ist hinter einer Klappe in der Wand da hinten. Warum...?" Dann ging mir auf, woran sie dachte. "Du willst doch nicht...?"

"Zeig ihn mir!"

Gemeinsam gingen hin. Die Klappe hatte etwa die Maße eines Fensters. Gehalten wurde sie von zehn großen Schrauben.

"Kannst du sie öffnen?", fragte Marion voller Hoffnung.

"Kein Problem", gab ich zurück, und holte ein weiteres Mal meinen Schlüsselbund heraus. Da die Schrauben sehr groß waren, fand ich schnell einen Schlüssel, mit dem sich die nicht sehr festgezogenen Schrauben leicht drehen ließen. Bei den letzten beiden bat ich Marion, die Klappe zu halten, damit sie nicht mit einem lauten Scheppern zu Boden fiel.

Bis wir die freie Öffnung vor uns hatten, vergingen keine vier Minuten. Dunkel gähnte uns das Loch entgegen, in dem, sauber an den Wänden befestigt, Hunderte von Kabeln entlang liefen.

"Gibt es Licht in dem Schacht?"

"Nein."

"Wo endet er?"

"Es gibt unter dem Haus eine Tiefgarage. Dort ist ein ähnlicher Ausstieg wie hier."

"Können wir hinunter klettern?"

Prüfend sahen wir in den senkrechten Gang. Alle fünfzig Zentimeter gab es große Haken, an denen diverse Kabelhalterungen befestigt waren. Außerdem konnte man sich bestimmt an den dicken Stromkabeln festhalten. Ganz ungefährlich war es nicht. Was wir hier oben sahen, konnte unten ganz anders aussehen. Das Licht reichte nicht weiter als zwei Meter in die Tiefe. Dazu würden wir uns im Dunkeln hinunter tasten müssen.

"Ich denke, das ist nur eine theoretische Möglichkeit. Wir würden uns den Hals brechen." Mit einer sehr langsamen Bewegung schüttelte ich den Kopf.

"Hast du eine bessere Idee? Falls du dir um mich Gedanken machst, dann vergiss das ganz schnell wieder. Ich habe jahrelang Freeclimbing gemacht. Wenn es für einen von uns gefährlich ist, dann für dich."

Freeclimbing! Ich war beeindruckt. Kein Wunder, dass sie einen so durchtrainiert aussehenden Körper hatte.

Trotzdem hatte ich Zweifel: "Wir würden nicht weit kommen. Sie würden doch sofort die Öffnung sehen."

"Dann müssen wir die Klappe von innen wieder anbringen."

"Wie soll das gehen? Wir können sie von innen gar nicht festhalten. Da bräuchten wir ein Hilfsmittel..." Im selben Moment, in dem ich das Wort ausgesprochen hatte, wusste ich die Lösung.

"Warte", sagte ich zu Marion, bevor ich den Raum durchquerte. Dabei machte ich mir gar nicht erst die Mühe, auf ungewöhnliche Geräusche zu horchen, die auf die Ankunft der Polizei hindeuteten. Bei dem vorhandenen Geräuschpegel war es sowieso unmöglich, irgendetwas von draußen zu hören.

Neben einer der Türen war ein kleines Kästchen aus Holz angebracht, das etwas länger als ein Schuhkarton, dafür ein wenig schmaler als ein solcher war. Ich öffnete den Deckel und holte den Plattenheber heraus. Ob das wirklich die offizielle Bezeichnung für dieses Gerät war, wusste ich nicht, aber alle in der Firma nannten es so. Es bestand lediglich aus zwei runden Saugnäpfen, die mit einem Griff verbunden waren. In sehr vielen Technikräumen, die ähnlich dem unseren waren, gab es einen doppelten Boden, in dem sämtliche Kabel verlegt waren. Der obere Boden, auf dem wir auch liefen, bestand dabei aus einzelnen Platten. Mit dem Plattenheber ließen sich leicht einzelne davon herausheben. Wahrscheinlich wurde von Glasern genau das gleiche Gerät zum Anheben von Scheiben benutzt. Ich wollte es nun für die Platte des Kabelschachtes missbrauchen.

"Guter Mann", sagte Marion anerkennend, als sie sah, wie ich den Heber auf der Innenseite der Platte anbrachte.

"Ja", bestätigte ich eingebildet, "aber es wird trotzdem nicht leicht. Wir müssen uns gleichzeitig irgendwie im Schacht festhalten, einer von uns muss die Platte mit einer Hand hoch wuchten, und der andere muss wenigstens zwei Schrauben von innen hineindrehen."

Zum Glück war das Gewinde sowohl in die Platte als auch in den Metallrahmen geschnitten und war durchgängig, so dass man die Schrauben entweder von innen oder von außen hineinschrauben konnte. Wenn die Platte erst mal hing, würde niemandem die Kleinigkeit der verkehrt hineingedrehten Schrauben auffallen.

Ich gab Marion die Schrauben, die sie zunächst in die Tasche ihrer Jeans steckte. Dann schwang sie sich elegant in den Schacht, stieg mit einem Fuß auf eine der Halterungen, und hielt sich mit der linken Hand an einem Strang von Kabeln fest.

Ich zog zunächst die Platte weiter vor die Öffnung, so dass ich den Griff des Plattenhebers leicht von innen erreichen konnte. Dann folgte ich Marion, wählte allerdings die gegenüberliegende Wand für mich aus. Daher musste ich mich mit der rechten Hand an den Kabeln festklammern, und hatte zum Heben der Platte nur die linke frei. Ich war überzeugt, dass meine Bewegungen nicht halb so elegant wirkten wie die von Marion.

"Schaffst du es?"

Ich antwortete nicht, denn ich war mir selber nicht sicher. Immerhin musste ich die Platte mit einer Hand um etwa einen halben Meter anheben. Nachdem ich mich versichert hatte, dass ich einen festen Halt hatte, versuchte ich mein Glück. Es war schwer, aber nicht so schwer, wie ich dachte. Zwar konnte ich die Platte nicht frei heben, aber ich konnte sie an die Wand gelehnt nach oben ziehen. Dabei gab es ein lautes, scharrendes Geräusch, während das Metall über die Wand schabte. Als ich die Platte in der richtigen Höhe hatte, musste ich sie nur noch waagerecht in die erforderliche Position schieben. Das stellte mich vor ein Problem. Die Platte bewegte sich nicht. Irgendwo klemmte sie. Ich musste sie etwas von der Wand weghalten, um sie seitlich bewegen zu können. Dafür fehlte mir jedoch die Kraft. Vielleicht ging es mit Schwung. Ein kurzer Stoß, bei dem sich die metallene Tafel kurz von der Wand löste, könnte mir eine seitliche Bewegung ermöglichen. Ich musste sie nur sofort wieder heranziehen, bevor sie nach unten fiel.

Ein tiefes Einatmen, ein Anspannen der Muskeln, ein kurzer Ruck meiner Hand nach vorne - und die Platte polterte mit einem lauten Krachen auf den Boden. Dabei zog sie meine Hand ebenfalls nach unten, und ich spürte einen Stich in meiner Schulter. Gleichzeitig verstärkte ich den Griff meiner rechten Hand, um nicht von den Kabeln abzurutschen.

"Verdammt", fluchte ich, schwer atmend, teils vor Anstrengung, teils vor Panik. Einen Sturz hätte ich kaum überlebt. Ich nahm mir zehn Sekunden, um neue Kraft zu sammeln. Dann zog ich die Platte erneut nach oben. Dieses Mal hatte ich mehr Glück, denn jetzt war sie in der richtigen Position. Als das Metall sich in die Vertiefung des Rahmens legte, konnten wir das Licht des Raumes durch die Löcher für die Schrauben sehen.

"Wir hätten das Licht ausmachen sollen", bemerkte Marion.

"Das stimmt. Soll ich noch einmal reingehen?"

Sie kam nicht mehr dazu, meine Frage zu beantworten. Aus dem Raum kam plötzlich das Geräusch der sich öffnenden Tür. Laute Stimmen redeten durcheinander.

Ich hielt den Atem an. Wenn mir jetzt die Platte aus der Hand glitt, war alles aus.

Schritte von mehreren Menschen. Schnell umherlaufende Menschen. Einer, dessen Stimme ich nicht kannte, rief meinen Nachnamen.

Dann hörte ich Bernds Stimme: "Er muss auch hier gewesen sein, sonst wäre das Licht nicht an."

"Sehen Sie nach, ob er an irgendwelchen Geräten war. Was kann er hier gesucht haben?"

"Ich habe keine Ahnung. Lassen Sie mich nachsehen."

Langsam wurde es schwer, das Gewicht der Platte zu halten. Meine Hand war schweißnass, und ich musste den Griff des Plattenhebers noch fester halten, damit er mir nicht aus der Hand rutschte. Dadurch schwitzte ich wiederum noch mehr, die Hand wurde noch feuchter. Verdammt!

Die Schritte kamen mal näher, mal entfernten sie sich wieder. Bisher schien niemand auf die Luke geachtet zu haben.

"Die Schränke sind alle verschlossen. Aber Uwe hat einen Schlüssel. Er könnte überall dran gewesen sein."

'Verschwindet endlich', dachte ich bei mir. Aus Angst, man könnte mein Schnaufen hören, atmete ich nur sehr flach. Das war ziemlich dumm, denn die Geräuschkulisse in dem Raum war viel zu laut. Dennoch zwang mich meine Panik zu diesem unsinnigen Verhalten. Bald rebellierte mein Körper und verlangte nach mehr Luft. Ich verweigerte sie ihm. Mittlerweile schmerzte mein Unterarm heftig, und ich wusste nicht, wie lange ich die Platte noch halten konnte.

Noch immer liefen Leute in dem Raum umher. Die Stimmen waren jetzt weiter entfernt, und ich konnte die gesprochenen Worte nicht mehr verstehen.

Ein Rinnsal bahnte sich den Weg über den Nacken zu meinem Rücken, so sehr schwitzte ich. Warum hatte ich in meinem Leben nicht mehr für meine Kondition getan?

Plötzlich verdunkelte sich eines der zehn Löcher. Erst dachte ich, dass sich jemand auf der anderen Seite davor gestellt hatte, aber dann hätten mehrere Löcher verdeckt sein müssen.

Während ich mit aller Macht versuchte, das immer schwerer werdende Gewicht zu halten, ging mir auf, dass Marion versuchte, eine der Schrauben hineinzudrehen. In Gedanken dankte ich ihr. Das konnte unsere Rettung bedeuten.

Dann hörte ich ein sich mehrfach wiederholendes, klickendes Geräusch, und das kleine Loch ließ wieder Licht hindurch. Ich verstand: Die Schraube war ihr aus der Hand gefallen.

Mittlerweile konnte ich meinen Atem nicht mehr flach halten, so groß wurde die Anstrengung. Dabei stieg meine Panik noch, weil ich befürchtete, dass jemand die fallende Schraube gehört haben könnte.

Mir wurde schwindelig, und der Schmerz in meinem Arm hatte bereits die Schulter erreicht. Obwohl die Stimmen in dem Raum noch da waren, hörte ich sie kaum noch.

Wieder wurde das kleine Loch verdunkelt. Dieses Mal schaffte Marion es. Zumindest nahm ich das an, denn nach einer Weile wurde das nächste Loch dunkel. Wenig später das dritte.

Ich hoffte jetzt einfach auf ihren Erfolg und lockerte meinen Griff ein wenig. Die Platte fiel nicht herunter. Entgegen jeglicher Vorsicht atmete ich mit einem tiefen Atemzug auf.

Kurz drauf verloschen sämtliche Lichtpunkte. Jemand hatte im Technikraum das Licht ausgeschaltet. Einige Sekunden später knallte eine Tür zu.

Jetzt ließ ich mich dazu hinreißen, den Griff des Plattenhebers loszulassen. Es gab kein Geräusch. Die drei Schrauben reichten zumindest aus, um die Platte nicht zu Boden fallen zu lassen. Endlich begann ich, die so dringend benötigte Luft mit lauten, schnaufenden Atemzügen einzusaugen, um sowohl meine schmerzenden Muskeln als auch mein Gehirn wieder mit ausreichend Sauerstoff zu versorgen.

"Ich hatte jeden Moment damit gerechnet, dass du sie fallen lassen würdest", gab Marion in der Finsternis von sich.

"Das hatte ich auch", hechelte ich.

Sie gab mir eine Minute Zeit, um mich zu erholen. Dann drängte sie mich: "Wir müssen runter, Uwe. Bist du soweit?"

"Soll ich erst noch eine weitere Schraube auf meiner Seite reindrehen?" Noch immer war meine Kurzatmigkeit zu hören. Es kam, wie so oft, alles auf einmal. Einerseits lagen meine Nerven total blank, andererseits war meine körperliche Verfassung nicht die beste. Nicht nur, dass ich in der letzten Nacht zu viel Alkohol konsumiert hatte, auch hatte ich im Laufe des Tages zu wenig Nahrung zu mir genommen. Dann noch der Stress mit Sandra, und jetzt der Gewaltakt mit der Metallplatte.

"Nein. Was sollte sie dazu bewegen, noch einmal in diesen Raum zu kommen? Die Zeit legen wir besser in der weiteren Flucht an."

Flucht. Ja, genau das war es. Ich war auf der Flucht. Verdammt. Nicht im Traum hätte ich daran gedacht, jemals in einer solchen Situation zu sein.

"Okay", stöhnte ich, "gehen wir an den Abstieg."

"Noch eine Sache, bevor du gehst: Sieh immer zu, dass du dich an mindestens drei Punkten gleichzeitig hältst. Lasse niemals beide Hände auf einmal los. Wenn eine Hand die Kabel loslassen muss, um weiter nach unten zu greifen, sollten beide Füße irgendwo Halt haben. Hast du das verstanden?"

"Ja."

"Dann los."

Ich konnte mich nicht erinnern, jemals irgendwelche Phobien gehabt zu haben. Aber in diesem dunklen Schacht, viele Meter über einem harten Betonboden, bekam ich unweigerlich Angst. Um diese Angst nicht zu einer Panik zu steigern, versuchte ich, nicht an die Gefahr zu denken. Der Vorsatz dazu reichte allerdings nur bedingt. Immer wieder schoss mir durch den Kopf, wie schnell es passieren konnte, dass ich abrutschte. Ebenso konnte es sein, dass es irgendwo auf dem Weg schlecht isolierte Kabel gab, und wir bei einer Berührung einen Stromschlag bekamen. Selbst wenn der dann nicht tödlich war, würden wir vor Schreck unweigerlich in die Tiefe stürzen.

Langsam tastete ich nach einem Halt an den Kabeln, etwa fünfzig Zentimeter tiefer, fand ihn, griff zu, und überprüfte meinen Halt. Dann suchte ich mit dem linken Fuß nach der nächsttieferen Halterung. Nach weiteren fünfzig Zentimetern erschien es mir gar nicht mehr so schwer, und ich bewegte mich etwas schneller.

"Wie weit bist du?", hörte ich von unten Marions Stimme. Sie musste bereits wesentlich weiter sein als ich.

"Ich bin nicht so schnell wie du", antwortete ich nur. Dass ich bisher kaum mehr als anderthalb Meter überwunden hatte, behielt ich für mich. Dafür steigerte ich mein Tempo weiter. Ein Fehler, den ich fast mit dem Leben bezahlt hätte. Ein erfahrener Freeclimber machte die richtigen Bewegungen automatisch. Jeder Griff saß, ohne dass er darüber nachdenken musste. Bei mir war das anders. Je schneller ich hinabkletterte, um so weniger achtete ich auf Marions Dreipunkte-Sicherheitssystem. Ich hatte etwa zwei Stockwerke überwunden, als ich gleichzeitig den rechten Fuß nach unten streckte, und die linke Hand hinabtasten ließ. Im selben Augenblick löste sich eine Befestigung des Kabels, wodurch es unter meinem Gewicht mit einem Ruck etwas absackte. Die Kabel glitten durch meine schweißnasse Hand, und ich rutschte ein weiteres Stück hinab. Dort stieß ich mit der Hand schmerzhaft an die nächste Befestigung. Fast hätte ich losgelassen, so heftig tat es weh. Dazu kam, dass durch den weiteren Ruck auch diese Befestigung herausriss, und ich von neuem hinabrutschte. Mittlerweile war ich auch mit dem linken Fuß von der Halterung abgerutscht, so dass ich nur noch an der rechten Hand hing. Voller Panik klammerte ich mich an dem Kabel fest, versuchte gleichzeitig mit der anderen Hand etwas zu fassen zu kriegen, und sah vor meinem geistigen Auge, wie ich Ruck für Ruck in einer Kettenreaktion nach unten stürzen würde.

Die nächste Befestigung kam - und riss ebenfalls. Von unten hörte ich ein erschrockenes "Uwe!"

Dann wurde ich jäh gebremst, als ich bei einer massiven Halterungen anlangte. Mein Körpergewicht tat sein Bestes, um mich mit aller Macht nach unten zu ziehen. Der Schmerz, der mein Handgelenk, meinen Arm und meine Schulter durchfuhr, war entsetzlich. Wie ich es schaffte, mich trotzdem noch festzuhalten, vermochte ich später nicht mehr zu sagen. Schwindelig vor Panik und Schmerz blieb ich hängen und kämpfte gegen eine drohende Ohnmacht. Ich versuchte, ruhig und tief zu atmen.

Wie aus weiter Ferne drang Marions besorgte Stimme in mein Bewusstsein. Verdammt, ich musste mich zusammenreißen. Erneut Marions Rufen.

"Ja", krächzte ich, "alles in Ordnung." Verdammt, nichts war in Ordnung!

Endlich fand ich mit allen vier Extremitäten wieder Halt. Dann kletterte ich langsam weiter. Es war mir egal, wie lange ich brauchte, wenn ich nur lebendig unten ankam.

So sehr die Dunkelheit zu Anfang bedrückend und störend wirkte, so sehr fing ich an, sie zu schätzen. Ich merkte, wie meine Konzentration, die ich sonst zum großen Teil auf die Augen richtete, jetzt mein Gefühl für Balance und den richtigen Halt intensivierte. Als ich endlich unten ankam, konnte ich mir meinen Patzer überhaupt nicht mehr erklären, so sicher hatte ich mich auf den letzten Metern gefühlt. Trotzdem war ich schweißgebadet, und mein Herz pumpte das Blut mit wildem Hämmern durch meinen Körper.

Ich spürte Finger, die nach meinen Schultern und nach meinem Gesicht tasteten. Die meine Brille berührten. Die auf dem Brillenglas hinterlassenen Fingerabdrücke würden mich in der Dunkelheit nicht stören.

"Da bist du ja. Ist wirklich alles okay? Du hast mir da oben einen mächtigen Schrecken eingejagt!" Die Hände verschwanden wieder. Der Duft von Marions süßem Parfüm blieb.

"Ich mir auch", gab ich zurück. "Aber jetzt sind wir ja beide gut angekommen."

"Ja. Aber wie geht es jetzt weiter?"

"Wir müssen hier nach der Klappe suchen. Es wird schwieriger als oben. In der Garage wird kein Licht brennen. Wir sind also absolut auf unseren Tastsinn angewiesen."

"In welcher Höhe müssen wir suchen?"

"Die Klappe ist in der gleichen Höhe wie oben, und ebenso groß. Ich nehme an, dass die Schrauben an denselben Stellen sitzen."

So war es tatsächlich. Die Enden der Schrauben waren schnell entdeckt. Aber sie stellten uns vor unser nächstes, äußerst großes Problem: Wie sollten wir sie von innen herausdrehen? Ein Schlüssel würde keinen Halt an den Gewinden finden. Selbst mit einem Schraubenzieher hätten wir kaum eine Chance. Ich hätte früher daran denken, und von oben eine Zange mitnehmen sollen. Verdammt.

"Hast du kein Taschenmesser?", fragte Marion.

"Nein. Meins liegt zuhause."

"Dann sitzen wir hier drinnen fest?"

"Lass' mich versuchen, die Schrauben mit den Fingern zu drehen. Oben waren sie auch nicht besonders fest."

"Hm", machte Marion zweifelnd. "Na gut. Ich nehme mir die eine Seite vor, du die andere."

Zunächst versuchte ich, meine verschwitzten Finger an meiner Hose trocken zu wischen. Dann suchte ich mir die erste Schraube, und probierte, sie zu drehen. Und schon fiel mir ein weiteres Problem auf, welches mir sämtlichen Mut nahm.

"Vergiss es, Marion. Wir brauchen es gar nicht erst zu probieren. Selbst wenn wir die Schrauben drehen können, dann nur soweit, bis das Gewinde mit dem Metall abschließt. Danach können wir sie nicht mehr greifen. Das reicht aber nicht. Der Rahmen ist bestimmt zwei Millimeter dicker Stahl. Erst wenn die Schrauben vollständig draußen sind, dann fällt die Platte raus."

"Mensch, jetzt sei doch nicht immer so pessimistisch!", fauchte Marion. "Wir müssen uns eben etwas überlegen. Und bis dahin versuchen wir, die Schrauben soweit wie möglich herauszudrehen. Sonst verlieren wir am Ende noch unnötig Zeit."

Ich fand Marions Optimismus sehr bewundernswert, wenn ich ihn auch nicht teilen konnte. Dennoch machte ich mich wieder daran, die Schrauben zu drehen.

"Du denkst daran, dass wir von dieser Seite in die andere Richtung drehen müssen?", fragte ich noch.

"Was meinst du damit?"

"Normalerweise dreht man Schrauben links herum auf. Da wir aber auf der Rückseite stehen, müssen wir rechts herum drehen."

"Ups. Kein Wunder, dass sich nichts tut."

In der Tat waren die Schrauben ebenso wenig festgezogen wie oben. Wenigstens etwas. Dennoch wusste ich nicht, wie wir sie ganz herauskriegen sollten.

Während die ersten Umdrehungen noch leicht gingen, wurde es mit jeder weiteren immer schwieriger. Man musste das Gewinde sehr stark festhalten, um die Schraube drehen zu können. Dabei schnitt das Metall immer ein wenig in die Finger. Was man anfangs kaum spürte, tat nach kurzer Zeit schon sehr weh.

"Autsch", hörte ich Marion.

"Lass' mich es machen, Marion. Wir sind wegen mir hier, dann werde ich auch die Drecksarbeit übernehmen."

"Ich drehe sie, soweit ich kann. Den Rest machst du dann."

Als ich die erste Schraube soweit herausgedreht hatte, dass ich sie mit den Fingern nicht mehr greifen konnte, begann mit der nächsten Schraube. Dabei wechselte ich ständig die Hände, weil die Finger zu schmerzen begannen. Nach meiner dritten Schraube teilte Marion mit, dass sie nun nicht mehr konnte und aufgab.

An der vierten Schraube, deren Ende besonders scharfkantig war, schnitt ich mich. Im gleichen Moment, in dem ich diese scharfe Ecke verfluchte, kam mir ein Gedanke. Ich tastete nach der ersten Schrauben, und ergründete, ob hier das Gewinde auch mit einer kleinen Kante endete. Es war so.

"Marion, hast du eine Haarnadel oder etwas ähnliche dabei?", fragte ich.

"Nein. Wieso?"

"Ich brauche etwas sehr kleines."

"Wie klein darf es denn sein?"

"Was hast du anzubieten?"
"Meinen Ohrstecker."
"Perfekt! Her damit! Ich brauche nur den Stift, nicht den Verschluss!"
Während sie im Dunkeln an ihrem Ohr hantierte, lutschte ich mir an meinem verletzten Zeigefinger. Ich schmeckte Blut. Zum Glück war es nicht die rechte Hand.
"Wo bist du?"
"Hier." Ich streckte meine Hand in ihre Richtung. Nach einer Weile fanden wir uns, und sie gab mir das kleine Stück Schmuck. Dann suchte ich wieder die erste Schraube. Tastend und fühlend versuchte ich, den kleinen, dünnen Stift ihres Ohrsteckers so gegen die winzige Kante des Gewindes zu positionieren, dass ich Druck darauf ausüben konnte. Beim ersten Versuch rutschte das Metall ab, und ich musste erneut ansetzen. Beim nächsten Mal war ich vorsichtiger. Ja. Die Schraube gab nach! Sie drehte sich. Wenn auch das Miniaturwerkzeug nicht optimal zu bedienen war: Nach ungefähr einer halben Minute fiel die Schraube in der Garage zu Boden.
"Ich hab's", sagte ich siegessicher. "Mit dem Stift kann ich die Schrauben ganz herausdrehen."
"Du bist mein Held", erwiderte Marion, und ich konnte nicht heraushören, ob Ironie in ihrer Stimme lag oder nicht.
Es dauerte mindestens eine weitere halbe Stunde, bis die letzte Schraube draußen war, und das Blech mit einem lauten Scheppern zu Boden fiel. Wir hatten nicht daran gedacht, dass wir auch hier den Plattenheber gebrauchen hätten können. Verdammt!
"Oh - oh", hörte ich Marion. "Wo kommen wir jetzt am schnellsten ungesehen heraus?"
"Wir müssen bei der Ausfahrt raus. Ich wette, dass dort eine Polizeiwache steht. Aber die Auffahrt zieht sich in einem 90 Grad Bogen nach oben. Wenn wir es schaffen, am Anfang der Auffahrt über die Mauer zu klettern, dann stehen wir mitten in einem Gebüsch, das sich über einige Häuserblocks zieht."
"Gut. Worauf wartest du noch?"
"Wenn sie das Fallen der Platte gehört haben?"

"Wenn sie es mit uns in Verbindung bringen, dann haben wir sowieso keine Chance mehr. Los, vorwärts!"

Ich rannte in die Garage hinein. Ein Bewegungsmelder schaltete uns das Licht an. Gut, um sich sicher fortzubewegen, schlecht, um nicht aufzufallen. Es blieb nur zu hoffen, dass sich die Suche der Kripo auf das Gebäude beschränkte, und sie uns hier nicht im Mindesten vermuteten.

Wir rannten zur Ausfahrt, Marion immer dicht hinter mir. Kühle Luft schlug uns entgegen, als wir bei der geschlossenen Schranke ankamen, die wir zu Fuß umgehen konnten.

Draußen blieben wir stehen, drückten uns an die Wand, um einem eventuellen Beobachter möglichst verborgen zu bleiben. So verharrten wir, bis das Garagenlicht ausging, und wir uns an die Dunkelheit gewöhnt hatten.

Ich sah nach oben. Die Mauer war hier bestimmt zwei Meter fünfzig hoch. Unmöglich, sie zu erklimmen.

"Lass' uns soweit gehen", flüsterte ich, "bis wir auf die Mauer klettern können. Dann müssen wir zusehen, dass wir auf der Mauer ungesehen zurücklaufen."

Ein paar Meter weiter war das obere Ende der Mauer erreichbar. Ich griff nach oben, suchte einen festen Halt, um mich heraufziehen zu können - und zuckte unter dem Schmerz zusammen. Meine Finger waren von dem Herausdrehen der Schrauben so zerschunden, dass die bloße Berührung mit dem rauen Beton sich wie tausend Nadelstiche anfühlte. Schnell nahm ich meine Hände wieder herunter. Überlegte kurz. Es gab keine andere Möglichkeit. Ich musste mich zusammennehmen. Wieder ergriff ich den Rand der Mauer. Dieses Mal war ich vorbereitet, biss die Zähne zusammen, und ertrug den Schmerz. Mit einer schnellen Bewegung zog ich mich halb hinauf, und sah mich um, ob ich von irgendwem gesehen werden konnte. Direkt an der Mauer wuchs ein riesiger Brombeerbusch entlang, welcher mir die Sicht zur Straße versperrte. Also konnte ich von dort aus ebenso wenig gesehen werden. Ich zog mich vollends rauf, und wartete in einer knienden Haltung, bis auch Marion die Mauer erklommen hatte. Ihre Bewegungen waren enorm schnell, kraftvoll und flüssig.

Langsam erhob ich mich, hielt aber inne, als ich merkte, dass mein Kopf über den Busch hinausragen würde. Deshalb bewegte ich mich gebückt vorwärts. Bald war ich über der Garageneinfahrt. Während links neben mir der weit über zwei Meter tiefe Abgrund lag, zog sich rechts das stachelige Gebüsch an der Garagenmauer entlang.

Zwischen Mauer und Gebüsch würden wir für den Rest der Welt unsichtbar sein. Allerdings würden uns die Stacheln erhebliche Schwierigkeiten bereiten.

Ich stand vorsichtig auf und drehte mich um. Marion war mir gefolgt und stand ebenfalls auf. Hier konnten wir nicht mehr gesehen werden.

"Wie wär's, wenn du hier zwanzig Minuten wartest, bis ich mich abgesetzt habe? Du kannst dann den normalen Weg nehmen. Dir können sie doch nichts anhaben: Du hast nichts getan."

Einen Moment lang schien Marion dies tatsächlich zu erwägen, dann schüttelte sie den Kopf. "Nein. Natürlich können sie mir nichts anhaben. Aber wenn sie mich hier sehen, wird ihnen klar sein, dass ich wegen dir hier bin. Und wenn sie wissen, dass ich für dich arbeite, dann wüsste ich nicht, wo wir dich unterbringen sollen."

Und dafür nahm sie dies alles auf sich? Ich war sehr dankbar dafür, aber ich begriff es nicht.

"Marion, darf ich dich etwas fragen?"

"Nur zu!"

"Warum tust du das alles? Ich meine, du kennst mich doch gar nicht."

Sie überlegte keine Sekunde. "Hast du einen Freund, mit dem du durch Dick und Dünn gehen würdest, egal wie schlimm es kommt?"

"Ja, Michael. Leider ist er gerade in Amerika. Auf ihn kann ich mich blind verlassen."

"Siehst du, und ebenso geht es mir mit Petra. Sie hat sicher tausend Fehler, aber sie ist die verlässlichste, loyalste und ehrlichste Person, die ich kenne. Ich tue es für sie, nicht für dich."

"Trotzdem: Danke!"

Ich drehte mich wieder in die Richtung, in die wir gehen wollten. Dann überlegte ich, wie wir uns vor den Stacheln der Brombeeren schützen konnten. Es gab an der Garagenmauer einen schmalen Weg aus Steinplatten, der früher einmal frei vom Gebüsch gewesen sein musste. Jetzt aber ragten große Teile der Pflanzen bis an die Mauer heran. Sie waren hier so hoch, dass man sie nicht einfach mit den Füßen herunter treten konnte. An einigen Stellen überragten sie mich um mehr als zwanzig Zentimeter.

Da ich die Jeansjacke im Auto gelassen hatte, bat ich Marion, mir ihre Lederjacke zu geben.

"Ich kaufe dir eine neue, wenn das hier vorbei ist", beruhigte ich sie, als ich ihren unwilligen Blick sah.

Sie zog die Jacke aus und reichte sie mir. Der Abstieg in dem Schacht war auch an ihr nicht spurlos vorbei gegangen: Schweißnass klebte das rote T-Shirt an ihrem Körper. Unter anderen Umständen hätte ich sicher genauer hingesehen.

Ich nahm die schwarze Jacke, und untersuchte die Dicke des Leders. Dünn. Sehr dünn. Das Kleidungsstück war nicht geschaffen worden, um robust zu sein und den Körper der Besitzerin zu schützen. Sein einziger Zweck war es, hübsch auszusehen.

Ich wickelte mir das Leder um den rechten Arm und um die Hand. In mehreren Lagen würde das Leder etwas mehr aushalten. Einen Moment überlegte ich noch, wie ich am besten vorging. Als mir nichts Besonderes einfiel, nahm ich einfach den rechten Arm nach oben, und drückte die vorstehenden Sträucher zurück. Dabei versuchte ich, soviel Gebüsch wie möglich auf einmal zu erfassen. Mit dem Gewicht meines Körpers drängte ich die stachelbewehrten Äste soweit zurück wie möglich. Dann bedeutete ich Marion mit einem Kopfnicken, in den entstandenen Gang zwischen Garagenwand und Busch zu treten. Sie machte zwar ein besorgtes und zweifelndes Gesicht, tat aber, wie ihr geheißen. Während ich mit dem in Leder gehüllten Arm weiter vordrang, versuchte sie, immer in der neu entstehenden Gasse zu bleiben. Hinter uns schlugen die Äste wieder zurück in ihre Ursprungsposition. Nach kurzer Zeit waren wir von der Mauer aus Beton und Brombeeren so eingehüllt, als stünden wir in einer winzigen Höhle. Ich hatte keine Ahnung, wie weit wir uns durch diesen Weg kämpfen mussten, bevor der Busch endete. Aber bereits nach wenigen Metern merkte ich, wie sich etliche Stacheln durch meine Jeans bohrten und meine Haut malträtierten. Meine Konzentration, die voll und ganz auf das Vorankommen gerichtet war, ließ mich noch keine Schmerzen spüren. Die würden später kommen.

Bei einer Unachtsamkeit schlug mir ein Ast ins Gesicht. Als die nadelspitzen Dornen meine Wange aufritzten, brannte es wie Feuer. Ich musste wohl einen Schmerzlaut von mir gegeben haben, ohne es selber zu merken, denn Marion fragte mich, ob alles in Ordnung sein. Eine Antwort blieb ich ihr schuldig und ging weiter. Jetzt musste ich das Gebüsch auch mit den Beinen zurückdrängen, denn hier wuchs es bereits weit unten nahe an die Mauer heran. Um meinen Körper etwas zu schützen, faltete ich die Jacke auseinander, und nahm sie nun großflächig zwischen beide Arme. Der Schutz, den sie so bot, war zwar nicht mehr so stark, aber anders hätte ich mir den Oberkörper völlig zerschunden.

Das Gestrüpp wurde immer dichter, das Vorankommen immer schwerer. Ich spürte zahllose Nadelstiche in meinen Beinen, und wünschte mir das Ende dieser Tortur herbei.

Irgendwann fiel ich in einen Trott gleichmäßiger Bewegungen. Wir kamen nicht schnell, aber stetig voran.

Dann war ich endlich durch. Vor mir teilten sich ein letztes Mal die Garagenwand und der Brombeerstrauch, und gaben die Sicht auf einen langen Wiesenstreifen frei.

Reflexartig sah ich mich sofort um. Waren irgendwelche Menschen zu sehen? Saß jemand in einem der Autos, die in der Straße am Ende der Wiese parkten? Wie weit waren wir vom Eingang des Bürohauses entfernt?

Ein Blick zu Marion verriet mir, dass sie sich mit den gleichen Gedanken umsah.

Die Luft war rein.

"Wir spielen jetzt verliebtes Paar", bestimmte Marion, griff dabei nach der Lederjacke, und zog sie an. Dann umfasste sie meine Taille, wobei ich automatisch meinen Arm um ihre

Schulter legte. Ich begriff, dass wir so weniger auffallen würden. Eng aneinander geschmiegt liefen wir los. Dabei vermieden wir es, uns umzuschauen. Um die Sache zu perfektionieren fing Marion an, mir belanglose Dinge zu erzählen. Dabei giggelte sie wie ein junges Mädchen. Hin und wieder fügte ich ein Lachen hinzu.

So unbeschwert wir wirken mussten, so angespannt war ich innerlich. In dieser Gegend war es nicht üblich, dass sich Liebespaare in der Nacht herumdrückten. Auf der anderen Seite konnte es durchaus sein, dass wir in der gleichen Firma arbeiteten, und extra lange geblieben waren, um noch etwas voneinander zu haben, ohne dass es die Kollegen sahen.

Wir hatten bereits die Hälfte der Strecke zum Auto zurückgelegt, als wir plötzlich angesprochen wurden. Es war nur ein "Entschuldigung", aber dieses einfache Wort war mit soviel Nachdruck ausgesprochen worden, dass es einem Befehl zum Anhalten gleich kam.

Alarmiert drehten wir uns gleichzeitig zu dem Mann um, der nur noch wenige Schritte entfernt war. Ich musterte ihn genau. Perfekt sitzender, dunkelblauer Anzug, kurze Haare mit einer Frisur, als sei sie eben erst vom Friseur gestylt worden, wacher und offener Blick, in der Hand ein Samsonite Aktenkoffer. Ich atmete auf. Diesen Mann stufte ich als erfolgreichen Manager ein, aber nicht als einen Polizisten.

"Ja?", fragte ich neugierig.

"Entschuldigen Sie meine etwas ungewöhnliche Bitte. Ich müsste mir ein Taxi rufen, aber leider ist gerade der Akku von meinem Handy leer gegangen. Ich gebe Ihnen gerne fünf Euro, wenn Sie mich kurz Ihr Handy benutzen ließen."

Einem Mann seiner Einkommensklasse kam es offenbar nicht in den Sinn, dass es durchaus noch Menschen gab, die kein Handy besaßen.

"Kein Problem", antworte Marion, bevor ich dazu kam. Schon holte sie ihr kleines Gerät heraus, und hielt es dem Mann hin. Bei diesem Anblick brach mir nachträglich der Schweiß aus. Ich stellte mir vor, was passiert wäre, wenn jemand angerufen hätte, solange wir oben in dem Schacht hingen. Ohne Zweifel hätte man das in dem Raum hinter der Stahlplatte gehört.

Der Mann führte ein sehr kurzes Gespräch mit der Taxizentrale. Dann reichte er, sich höflich bedankend, das Telefon zurück, und holte seine Brieftasche aus dem teuren Jackett.

"Lassen Sie nur", sagte Marion und hob abwehrend die Hände. "Das brauchen Sie nicht zu bezahlen. Irgendwann werden Sie auch jemandem helfen, und dann gleicht es sich wieder aus."

"Dann vielen Dank, und einen schönen Abend noch", antwortete der Manager lächelnd.

Wir legten wieder die Arme umeinander, und gingen weiter. Ohne weitere Unterbrechung erreichten wir den Wagen. Als wir uns hineingesetzt hatten, fing plötzlich mein ganzer Körper an zu schmerzen. Dabei wusste ich nicht, was mir am meisten wehtat. Meine wunden Finger, mein zerkratztes Gesicht, die zerschundenen Beine, oder die vom Abstieg im Schacht überforderten Muskeln meiner Arme.

Marion schien es besser zu gehen. Mit einer Gelassenheit, die ich bewunderte, fuhr sie uns schweigend zu ihrer Wohnung. Auch ich hatte nicht das Bedürfnis, mich zu unterhalten. Ich war einfach nur geschafft. Das Einzige, was ich im Moment wollte, war duschen und schlafen.

In Marions Wohnung angekommen machte sie mir klar, dass sie genau dasselbe wollte: "In der Küche findest du etwas, wenn du Hunger hast. Ich verschwinde kurz unter die Dusche, und gehe dann ins Bett. Wir reden morgen weiter. Handtücher findest du in dem Schrank im Bad. Bediene dich einfach."

Sie wartete keine Antwort ab und war schon im Bad verschwunden. Ich war zu fertig, um noch etwas zu essen, und setzte mich daher einfach auf die Couch im Wohnzimmer.

Dort hing ich meinen Gedanken nach. Merkwürdigerweise dachte ich nicht an Mark Schiemen oder Bernd. Ich dachte überhaupt nicht an all die merkwürdigen Dinge, die passiert waren.

Meine Gedanken gehörten Petra. Wer war dieser Frank, und wie tief war ihre Beziehung zu ihm? Plötzlich fragte ich mich, wie lange ich es noch ertragen würde, ständig Zweifel an Petras Treue zu haben. Es würde mich irgendwann innerlich auffressen. Vielleicht sollte ich die Beziehung mit ihr beenden, solange es noch ging. Immerhin wollte Sandra mich wieder haben, und mit ihr hatte ich diese enormen, emotionalen Probleme nie gehabt. Wir hatten eine gute Beziehung geführt, und der Grund, weswegen wir auseinander gegangen waren, bestand nicht mehr. Und ich hatte sie ohne Zweifel noch immer lieb - und das würde vermutlich auch immer so bleiben.

Doch dann schüttelte ich den Kopf. Ja, ich hatte Sandra lieb, sehr lieb sogar. Aber wann hatte ich bei ihr das letzte Mal dieses Kribbeln im Bauch gespürt, dieses 'jemandem absolut verfallen zu sein' Gefühl? Dieses 'nicht nahe genug an einen Menschen herankommen zu können', obwohl die Körper schon aneinander klebten? Dieses 'an niemand anders denken können'?

War es bei Sandra überhaupt jemals so gewesen?

Ich konnte es mir kaum selber erklären, aber nach Petra war ich einfach so verrückt, wie ich es nie zuvor nach einer Frau gewesen war.

"Warum schüttelst du den Kopf?" Ich erschrak bei Marions Stimme. In einem weißen Bademantel stand sie in der Wohnzimmertür.

"Ach, nichts", antwortete ich, und schüttelte unsinnigerweise weiter den Kopf.

"Das Bad ist frei. Ich gehe ins Bett. Spätestens um neun Uhr werde ich dich wecken."

"Danke. Gute Nacht, Marion."

"Gute Nacht."

Nachdem ich ebenfalls geduscht hatte, zog ich mich in mein Zimmer zurück. Ich schlief ungewöhnlich schnell ein.

Warme Lippen auf meiner Wangen weckten mich. Sofort war mir klar, wo ich mich befand. Und auch, warum ich mich hier befand. Mein Herz fing an zu rasen, als mir der Ernst meiner Lage in den Sinn kam.

Ein weiterer, sanfter Kuss auf meine Wange beruhigte mein Herz etwas. Ohne die Augen zu öffnen versuchte ich zu ergründen, wer mich zu wecken versuchte. Ein tiefer Atemzug durch die Nase verriet es mir. Petras Geruch war für mich unverkennbar. Als ich die Augen aufschlug, strahlte sie mich mit einem hinreißenden Lächeln an. Ich schlang meine Arme um sie, zog sie zur mir, und küsste sie leidenschaftlich.

Dann scheuchte sie mich aus dem Bett, und ich zog mich an.

"Du brauchst ja schon wieder neue Klamotten", meckerte sie lachend, als sie den Zustand meiner Jeans bemerkte. "Du bist wie ein kleiner Junge."

"Vielleicht kannst du mir das nächste Mal eine Supermann-Ausrüstung besorgen", gab ich zurück. "Die hält dann etwas länger. Übrigens: Schön, dass du da bist."

"Ich habe mir einen halben Tag frei genommen. Die Präsentation, die ich hätte geben müssen, wurde verschoben."

Sie kam zu mir, legte ihre Arme um meinen Hals, und sah mir in die Augen. In ihren Augen sah ich einen Ausdruck, den ich bisher noch nicht bei ihr gesehen hatte. "Uwe", sagte sie mit einer so leisen Stimme, dass es fast ein Flüstern war. "Marion hat mir alles von gestern erzählt. Sag mir bitte..." Sie legte eine kleine Pause ein und schien nach den richtigen Worten zu suchen. Dann fuhr sie ebenso leise wie zuvor fort: "Wirst du zu Sandra zurück gehen?"

Jetzt erkannte ich, was in ihren Augen zu lesen stand. Es war Sorge. Die tiefe Sorge der Ungewissheit, die ich so gut von mir selber kannte.

Ich hielt dem Blick stand und antwortete ohne zu zögern: "Nein, das werde ich nicht. Ich habe sie noch immer sehr gern, und es wird mir sicher das Herz brechen, wenn ich es ihr sage. Aber ich liebe dich, Petra. Ich liebe dich, wie ich noch nie eine Frau geliebt habe."

Ich sah gerade noch, wie sich ihre sonst so fröhlichen Augen mit Tränen füllten, bevor sie mich an sich riss, und mich drückte, als wollte sie mich zerquetschen. So blieben wir eine Minute stehen. Als sie sich von mir löste, waren ihre Augen nicht mehr feucht. Sie lächelte und gab mir einen Kuss. Dann gingen wir gemeinsam in die Küche, wo Marion auf uns wartete.

Nach der Begrüßung fragte ich sie: "Hast du dir auch frei genommen?"

"Du hast Nerven", entrüstete sie sich. "Ich war schon um halb sieben im Büro, und habe einiges erledigt."

Diese Frau hatte Power, schoss es mir durch den Kopf.

Auf dem Tisch stand Kaffee, eine Tüte mit frischen Brötchen, und diverser Aufschnitt. Während wir aßen, besprachen wir die Geschehnisse des Vortages. Dabei versuchten wir, uns über das weitere Vorgehen klar zu werden.

Ich hätte am liebsten Mark Schiemen angerufen. Aber was hätte ich zu ihm sagen sollen? Er war kein guter Bekannter oder gar Freund, so gab es keinen Ansatz für ein Gespräch.

Nachdem wir verschiedene Möglichkeiten als nicht sinnvoll verworfen hatten, saßen wir eine Weile schweigend da.

Dann meinte Petra: "Hör doch mal die Mailbox von deinem alten Handy ab. Vielleicht ergibt sich etwas von alleine."

Ich war zwar nicht sehr hoffnungsvoll, aber die Mailbox abzuhören war in keinem Fall verkehrt. Und in der kurzen Zeit, die ich zum Anhören der Mitteilungen brauchte, würde niemand mein Handy orten. Vermutlich würde ich einige Nachrichten von der Bulldogge haben.

Tatsächlich war die erste von dem Hauptkommissar. Er erklärte, wie aussichtslos mein Tun war, und versprach eine faire Behandlung, wenn ich mich stellte. Seiner Stimme war anzuhören, dass er seinen Worten selber keinen Glauben schenkte.

Die zweite Nachricht war wesentlich interessanter. Sie war von Bernd:

"Hallo Uwe. Tut mir leid, was gestern Abend passiert ist. Ich hatte noch versucht, dich anzurufen, aber dein Handy war aus. Obwohl ich es nicht wollte, war es wahrscheinlich meine Schuld. Ich hatte mit Mark darüber gesprochen, dass wir am Abend für dich Zugriff auf alle Server brauchten. Er hat die Polizei angerufen, nicht ich. Aber natürlich hätte ich mit ihm nicht darüber sprechen sollen. Es tut mir leid. Und als du mich angerufen hast, standen zahllose Polizisten um mich herum, deswegen konnte ich nicht frei reden. Du darfst heute Abend in jedem Fall nicht kommen! Das Gebäude wird rund um die Uhr überwacht. Aber ich denke, du brauchst auch nicht mehr zu kommen, du warst ja schon hier. Ich hoffe nur, dass du diese Mitteilung abhören wirst, denn es ist wichtig, dass wir uns sehen. Ich habe da etwas über Mark in Erfahrung gebracht! Wir müssen unbedingt darüber reden. Meine Güte, du wirst es mir bestimmt nicht glauben, was ich zu erzählen habe. Es ist unfassbar! Aber es könnte dir bestimmt weiterhelfen. Ruf mich an, sobald du diese Nachricht abgehört hast. Bis dann."

Es war also gar nicht Bernd gewesen, der mich verpfiffen hatte! Offenbar hatte ich ihm Unrecht getan. Aber was hätte ich sonst denken sollen? In wenigen Sätzen erklärte ich den Frauen, was Bernd gesagt hatte. Dabei schaltete ich das Handy aus, und nahm mir das Gerät, das Petra mir besorgt hatte.

Bernd hob nach dem ersten Freizeichen ab.

"Hier ist Uwe", sagte ich knapp.

"Gut, dass du anrufst! Wir müssen uns treffen, aber nicht hier. Irgendwo, wo man dich nicht vermutet. Und irgendwo, wo Mark mich nicht vermutet."

"Warum, was will Mark von dir?"

"Wenn ich das so genau wüsste. Es ist alles so schrecklich. Mein Gott, ich weiß überhaupt nicht, wem ich noch vertrauen kann. Ich weiß nicht mal, ob ich dir vertrauen kann. Oder der Polizei."

"Um Himmels Willen, Bernd, was ist denn passiert? Du bist ja ganz aufgelöst!"

"Viel zu viel ist passiert. Zu viel, um in wenigen Worten wiedergegeben zu werden. Lass uns irgendwo treffen, dann erkläre ich dir alles. Aber bring Zeit mit."

"Wo sollen wir uns treffen? Hast du einen Vorschlag?"

"Es gibt da ein Haus in der Rebstöcker Straße, das bald abgerissen wird. Es gehört der Firma von einem meiner Freunde. Wenn wir dort wider Erwarten erwischt würden, wäre es nicht schlimm. Aber dort sind wir ungestört, und es wird definitiv nicht überwacht."

"Wie komme ich da hin?"

"Wenn du von der Mainzer Landstraße aus die Rebstöcker in Richtung Kleyerstraße fährst, dann siehst du am Ende der Straße auf der linken Seite das große Gebäude. Die Hälfte davon ist bereits abgerissen. Unten sind sämtliche Scheiben aus den Fenstern geschlagen. Klettere irgendwo ganz auf der linken Seite hinein. Das ist am weitesten von der Straße entfernt. Dann komme in den dritten Stock. Dort werde ich sein."

"Gut, das kann ich mir merken."

"Sei um halb neun da. Und Uwe..."

"Ja?"

"Komm bitte alleine. Ich bin auch alleine und habe eine Heidenangst. Wenn du jemanden bei dir hast, werde ich abhauen. Wenn du außer mir noch jemanden entdeckst, kannst du gerne das gleiche tun. Aber ich habe niemanden, den ich mitbringen könnte."

Seine Stimme zitterte bei diesen Worten. Irgendetwas musste ihm panische Angst gemacht haben. Was immer es war, ich war überzeugt, dass darin auch der Schlüssel zu meinem Problem lag.

"Ich werde da sein, und ich werde alleine sein", versprach ich. Dann beendeten wir das Gespräch.

Petra und Marion sahen mich fragend an. Schnell erklärte ich ihnen den Inhalt des Telefonats.

"Und du meinst, dass du ihm vertrauen kannst?", fragte Petra.

"Was bleibt mir denn anderes übrig? Er hat offensichtlich Informationen, die ich brauche. Außerdem kenne ich ihn sehr lange. Schon gestern Abend hatte ich mir kaum vorstellen können, dass er die Polizei angerufen hatte. Seine Erklärung, dass Mark es gewesen war, passt sehr gut dazu, dass wir auf Marks Rechner die IP-Adresse gefunden haben. Ja, ich traue ihm."

"Wir werden in jedem Fall in der Nähe bleiben, und vorher gemeinsam die Umgebung absuchen", meldete Marion sich zu Wort.

Das war mir recht.

Der Rest des Tages wurde sehr langweilig, denn Marion musste noch einmal in die Kanzlei, und auch Petra hatte etwas Wichtiges im Büro zu erledigen, was einige Stunden in Anspruch nahm.

Ich vertrieb mir den Tag mit finsteren Gedanken und Grübeleien. Das Hauptthema war Mark. Was für ein böses Spiel spielte er? Wie hingen die Dinge alle zusammen? Was verband Stefan und Mark? Hatte Stefan am Ende auch eine Freundin von Mark sexuell gefügig gemacht? Ging es darum? Wenn es so gewesen war, hätte ich sogar Verständnis für den Mord. Nicht aber dafür, dass er es mir in die Schuhe schieben wollte.

Und zwischendurch immer wieder der Gedanke: Wer war dieser ominöse Frank, der eine scheinbar sehr große Rolle in Petras Leben spielte?

Um achtzehn Uhr saßen wir alle wieder beisammen. Das Treffen mit Bernd würde um halb neun stattfinden. Da würde es dämmern und mehr dunkel als hell sein. Wir sprachen das genaue Vorgehen durch. Dann holte Marion in einem nahe gelegenen Restaurant Pizza, und wir aßen.

Von ihrem Bekannten bei der Polizei wusste Marion, dass die Fahndung nach mir auf Hochtouren lief. Außerdem hatte man mittlerweile Petras Namen in Erfahrung gebracht, und beobachtete ihr Haus. Von einer Befragung Petras sah man derzeit ab, um mich im Glauben zu lassen, dass niemand etwas von Petra wusste. Sobald Marion diese Information bekommen hatte, hatte sie dies Petra mitgeteilt. Da unklar war, ob außer der Wohnung auch Petra selbst überwacht wurde, ließ sie auf dem Weg zu Marion größte Vorsicht walten.

Marion schlug vor, dass sie mit mir alleine zu dem Treffpunkt fuhr. Wenn Petra mitten in der Nacht nach Hause kam, würde die Polizei sich fragen, wo sie sich aufgehalten haben mochte. Das könnte dazu führen, dass man sie doch vernehmen würde.

Mir war das sehr recht, denn ich wusste nicht, was uns bevorstand, und ich wollte Petra in keinem Fall in Gefahr bringen. Es war mir schon unangenehm genug, dass Marion bei mir sein würde. Aber sie hatte in solchen Situationen berufsbedingt einfach den klareren Verstand.

Auch Petra kam die Idee nicht ungelegen.

"Das wäre eigentlich sehr passend für mich", erklärte sie. "Da kann ich mich noch etwas um Frank kümmern."

"Fährst du zu ihm, oder kommt er zu dir?", wollte ich wissen.

"Ach, das habe ich noch gar nicht erzählt. Er wohnt vorübergehend bei mir. Seine Beziehung ist gerade auseinander gegangen, und er muss sich erst eine neue Wohnung suchen."

Mir blieb die Luft weg. Petra erzählte das, als wenn es das selbstverständlichste auf der Welt wäre. Für sie war es das vielleicht auch. Für mich nicht.

Sie musste an meinem Blick erkannt haben, dass ich wie vor den Kopf gestoßen war, denn sie sagte: "Wenn es dir lieber ist, komme ich natürlich mit." Der Tonfall machte deutlich, welche Antwort sie erwartete.

Ich tat ihr den Gefallen und sagte: "Kommt gar nicht in Frage. Ich möchte dich möglichst weit weg und in Sicherheit wissen."

Ich hörte selber, dass man mir anhörte, wie sauer ich war.

"Na wunderbar", antwortete Petra, und sah mich an, als wolle sie fragen, was ich denn eigentlich hätte.

Als eine Weile niemand mehr etwas sagte, gab sie bekannt: "Dann werde ich jetzt am besten gehen." Sie stand auf, gab mir einen flüchtigen Kuss auf den Mund, und verschwand mit einem schlichten "Tschüss".

Als die Wohnungstür zugefallen war, fragte Marion: "Was war denn das jetzt?"

"Ich habe keine Ahnung, was sie plötzlich hat."

"Ich meinte nicht sie, ich meinte dich", gab sie mir zu verstehen.

Wieder einmal stellte ich fest, dass es Dinge gab, die Frauen und Männer einfach anders sahen. Auch Marion schien nicht zu verstehen, was in mir vorging. War ich zu empfindlich? Mit welchem Recht unterstellte ich diesem Frank eigentlich tiefere Absichten? Er hatte sich von seiner Freundin getrennt, und brauchte einen guten Freund, bei dem er für eine Weile bleiben konnte. Ob dieser Freund männlich oder weiblich war, spielte überhaupt keine Rolle.

Aber sie hatte ihn 'Schatz' genannt. Meine Güte, man nennt niemanden einfach Schatz, und lässt ihn dann bei sich einziehen, wenn da nicht irgendwas war!

Ich musste mich ablenken, an etwas anderes denken, sonst verlor ich den Verstand.

"Also?", sagte Marion, und machte damit deutlich, dass sie eine Antwort von mir erwartete.

"Ich weiß es selber nicht", log ich. "Ich bin einfach furchtbar durcheinander."

Der Blick, den Marion mir zuwarf, war so durchdringend, dass ich ihn fast körperlich spürte. Aber ich gab keine weitere Erklärung ab.

Um Viertel nach acht bogen wir in die Rebstöcker Straße ein. Wie ich es von der Bürostadt her kannte, fuhr Marion etliche Male alle Nebenstraßen ab. Als sie sicher war, dass sie kein Fahrzeug der Polizei ausmachen konnte, stellte sie sich auf den Burger King Parkplatz an der Ecke zur Mainzer Landstraße.

"Von hier aus solltest du laufen. Wenn er sieht, dass du aus meinem Auto aussteigst, gerät er vielleicht in Panik und verschwindet. Ich werde weiter durch die Straßen fahren. Wenn ich dreimal kurz hintereinander hupe, dann siehst du zu, dass du so schnell wie möglich aus dem Gebäude heraus kommst."

Ich nickte, atmete tief durch, und sprang aus dem Wagen. Ohne mich noch einmal umzudrehen lief ich los. Um meine Nervosität möglichst gut zu unterdrücken, konzentrierte ich mich auf einen schnellen und selbstbewussten Gang.

Was würde mich erwarten? War Bernd wirklich alleine? Natürlich würde er alleine sein. Er hatte am Telefon so ängstlich gewirkt. Was für Neuigkeiten hatte er wohl für mich? Und warum war er damit eigentlich nicht direkt zur Polizei gegangen? Bald würde ich es erfahren.

In der Dämmerung wirkte die Rebstöcker Straße gespenstisch. Ich lief die rechte Straßenseite entlang. Rechts von mir erstreckte sich eine alte, riesige Halle, deren Fenster mit Brettern aus Pressholz verschlossen waren. Vermutlich wollte man damit Obdachlosen Einhalt gebieten, die sich in das leerstehende Haus einquartieren wollten.

Schon von weitem vernahm ich das Geklapper, das von dem Gebäude auf der linken Seite ausging. Der Wind, der am Abend zugenommen hatte, spielte mit den schiefhängenden Rollläden in den scheibenlosen Fenstern. Das große Haus aus roten Backsteinen hätte in seinem verwahrlosten Zustand gut und gerne in einem Gruselfilm Kulisse bieten können. Manche der dunklen Fenster, von denen die Jalousien abgerissen waren, kamen mir vor wie finstere Augen, die mich anstarrten.

Die Einfahrt zu dem Gelände stand offen, was mich wunderte. Ich überquerte die Straße und betrat den großen, schuttbeladenen Hof. Linker Hand befand sich eine bereits halb niedergerissene Halle. Teile der Überreste türmten sich unordentlich auf verschiedenen Haufen, wobei jeder höher als ich war.

Je näher ich dem Haus kam, desto unwohler wurde mir. Aufmerksam suchte ich immer wieder sämtliche Fenster ab. Aber ich konnte nicht das Geringste entdecken. Dennoch vermutete ich, dass Bernd mich von einem der dunklen Löcher beobachtete.

Als ich endlich beim Gebäude ankam, hatte ich plötzlich das Gefühl, als würde jemand mit einer Pistole auf mich zielen. Wie ich auf diesen Gedanken kam, wusste ich nicht, denn ich hatte überhaupt kein Vergleichserlebnis.

Ich unterdrückte den Impuls, mich zur Straße umzudrehen, um nach Marion Ausschau zu halten. Dann sammelte ich all meinen Mut, und kletterte durch eines der Fenster hinein.

Kaum war ich drinnen, bereute ich, keine Taschenlampe mitgenommen zu haben. Auf der anderen Seite wäre ein Licht in diesem dunklen Gebäude zu auffällig gewesen.

Nach einiger Zeit hatten sich meine Augen einigermaßen an die Dunkelheit gewöhnt. Trotzdem konnte ich nicht sehr viel sehen.

Überall lag Müll herum. An manchen Stellen hingen Kabel aus der Decke und aus den Wänden. Es sah mehr aus wie ein Rohbau als wie ein altes Gebäude.

Ich sollte in den dritten Stock kommen. Also musste ich wohl zunächst diesen Raum verlassen, um zu einer Treppe zu gelangen. Bevor ich losging lauschte ich noch eine Weile in die Dunkelheit, doch das Geklapper von den metallenen Jalousien übertönte alles.

Langsam schlich ich los. Mein Herzschlag war beschleunigt, und ich hatte eine verdammte Angst. Was, wenn Mark hinter diesem Treffen steckte? Aber da hätte Bernd nicht mitgemacht, davon war ich überzeugt.

Der Flur, den ich betrat, war noch dunkler. Er hatte keine eigenen Fenster, und lediglich durch die Türöffnungen drang alle paar Meter schummriges Dämmerlicht.

Ich wandte mich nach rechts, und lief den Gang entlang. Wenn ich in die verschiedenen Räume sah, an denen ich vorbei kam, bot sich mir einheitlich das gleiche Bild wie in dem ersten Zimmer.

Nach etwa zehn Metern präsentierte sich linker Hand ein Treppenaufgang. Gut. Bald würde ich wissen, was Bernd von mir wollte.

Obwohl das entnervende Rasseln der schrottreifen Jalousien sämtliche Geräusche von mir übertönt hätte, bemühte ich mich, leise zu sein. Im ersten Obergeschoss hielt ich inne und lauschte erneut. Wieder hörte ich nur das Geklimper von Metall, das gegen Metall und Stein schlug.

Ich ließ ein weiteres Stockwerk hinter mir. Das dritte schaffte ich nicht. Ein plötzlicher, dumpfer Schmerz auf meinem Hinterkopf nahm mir das Bewusstsein.

Meine Kehle brannte und schmerzte mehr als mein Kopf. Der Geruch von starkem Alkohol stieg mir in die Nase. Verdammt. Ich musste getrunken haben. Es war alles nur ein böser Traum. Auf welcher Party war ich bloß gewesen, dass ich mich in einen solchen Zustand gesoffen hatte?

Aber was war das? Mein Schädel tat weh, und das nicht in einer Weise, wie es von Alkohol verursacht wurde. Außerdem lag ich nicht, sondern saß vorne über gebeugt. Irgendetwas war falsch. Nein, nicht irgendetwas, sondern alles. Alles war falsch. Langsam begann ich daran zu zweifeln, dass alles nur Einbildung gewesen war. Und da war auch wieder dieses metallische Gerassel. Damit war es sicher: Ich befand mich in dem abbruchreifen Haus. Ein Stöhnen drang aus meiner Kehle, als ich die Lippen öffnete. Der eindeutige Geschmack von Whisky füllte meinen

Mund aus. Mir wurde schwindelig, als ich die Augen aufschlug. Ich versuchte, mich mit den Händen abzustützen, aber ich bekam sie nicht hinter meinem Rücken hervor. Etwas hinderte mich daran, als ob jemand meine Handgelenke festhielt. Nein, nicht jemand, korrigierte ich mich in Gedanken. Meine Hände waren zusammengebunden, das war es.

Im Hintergrund war immer wieder das Geräusch der maroden Jalousien zu vernehmen: klapper, klapper.

Das Schwindelgefühl ließ nur langsam nach. Doch sehen konnte ich immer noch nicht viel. Es war noch dunkler geworden. Von dem Licht der weit entfernten Straßenlaternen drang nicht allzu viel in das Gebäude.

"Steh auf", hörte ich eine klare, deutliche Stimme. Bernds Stimme.

Ohne zu wissen, warum ich es tat, gehorchte ich. Es fiel mir schwer aufzustehen, ohne die Hände zu Hilfe zu nehmen. Langsam kam ich hoch. Dabei geriet ich kurz ins Wanken, als ich das Gleichgewicht zu verlieren drohte.

Als ich endlich stand, und mein Gewicht etwas verlagerte, merkte ich, wie der Boden unter meinen Füßen wegzukippen drohte.

"Vorsicht, noch nicht!", rief Bernd erschrocken aus. Dann merkte ich, wie sich der Boden stabilisierte. Ich strengte meine Augen an. Vor mir stand Bernd. Ich erkannte ihn zwar nur als Schatten, aber da sonst niemand anderes da war, musste es Bernd sein. Er stand wesentlich tiefer als ich. Offenbar stand ich auf einer kleinen Plattform, einem Tisch, wie ich vermutete. Bernd hatte seinen rechten Fuß am Rand der Oberfläche. Wahrscheinlich hatte er so das Umkippen des Tisches verhindert. Verdammt, was ging hier vor?

Klapper, klapper, drang es immer wieder von den Fenstern zu meinen Ohren.

"Jetzt sag mir, was du alles weißt", befahl Bernd.

"Ich...", fing ich an, musste aber unweigerlich husten. Mein Hals brannte und kratzte erbärmlich. Außerdem hatte ich das Gefühl, schwer Luft zu bekommen. Irgendwie schien meine ganze Lunge zu brennen.

Als der Hustenanfall vorbei war, versuchte ich es noch einmal. "Was soll ich denn wissen?", krächzte ich.

"Genau das frage ich dich, Uwe. Was weißt du? Was hast du herausgefunden, als du im Büro herumgestöbert hast? Und vor allem, wer außer dir weiß es noch?"

"Verdammt, Bernd, was soll das? Ich habe nichts mit Mark und seinen Machenschaften zu tun." Noch während ich sprach merkte ich, dass irgendwas an meiner Logik nicht stimmte. Aber ich war nicht in der Lage, klar zu denken. Ich fühlte mich, als sei ich betrunken.

Klapper, klapper, rassel.

Bernd lachte. "Tu jetzt bloß nicht so, als würdest du wirklich glauben, dass Mark es war."

Ich verstand in meinem Zustand nicht sofort, was er damit meinte. "Was… was willst du damit… sagen? Dass Mark nichts… nichts damit zu tun hat?", stammelte ich.

"Du hast es wirklich geglaubt", kam Bernds überraschte Antwort. "Das ist ja bestens! Dann habe ich ja nichts mehr zu befürchten, nachdem du dich selbst umgebracht hast."

Bei diesen Worten schüttete mein Körper eine große Menge Adrenalin aus. Mein Verstand fing an, wieder klarer zu arbeiten. Ohne Frage hatte ich der falschen Person vertraut. Aber was sagte er da von meinem Selbstmord? Das würde er nicht schaffen.

"Wie soll ich mir denn die Wunde an meinem Hinterkopf selbst beigebracht haben, Bernd? Das glaubt doch niemand, dass ich mich selbst getötet habe."

"Oh doch, jeder wird es glauben. Du hast keinen anderen Ausweg mehr gesehen, nachdem du Stefan erledigt hast. Die Polizei war hinter dir her, und es war nur eine Frage der Zeit, bis man dich schnappen würde. Also hast du dir Mut angetrunken, und dich dann erhängt. Du hast nicht zu viel getrunken, nur genug, um die größten Hemmungen zu überwinden. Aber du warst noch nüchtern genug, um die Handlungen gezielt und überlegt auszuführen."

Plötzlich spürte ich den rauen Kragen um meinem Hals. Weil zu viele andere Eindrücke auf mich eingestürzt waren, als ich wach wurde, hatte ich nicht darauf geachtet. Aber jetzt war es ganz deutlich zu spüren. Da war etwas festes, das sich um meinen Hals schloss. Nach Bernds Worten identifizierte ich es eindeutig als Strick.

Und das Geräusch des zerfallenden Sonnenschutzes vor den Fenstern raubte mir die letzten Nerven: klapper, klapper.

"Und die Wunde", fuhr Bernd fort, "war ein Unfall. In diesem Gebäude ist nichts mehr richtig fest. An vielen Ecken bröckelt der Putz ab, oder Deckenplatten fallen herab. Ich habe mir ein Teil genommen, das tatsächlich von alleine herabgefallen war. Das habe ich dir über den Schädel gehauen, und zwar genau an der Stelle, an der es heruntergekommen ist. Es ist ganz eindeutig: Du bist die Treppe heraufgekommen, und von einem zufällig abbröckelnden Teil der Decke getroffen worden. Natürlich habe ich darauf geachtet, dass dein Blut an der richtigen Stelle ist. Ich habe es von oben genau aus dem richtigen Winkel auf dich fallen lassen. Eindeutig ein Unfall, Uwe. Genauso eindeutig, wie du Stefan erschlagen hast."

"Wo hast du meine Schaufel her?", fragte ich, obwohl es eigentlich klar war. Mein einziger Gedanke war jetzt, Zeit zu schinden.

"Du hast sie immer draußen stehen. Dein Gartentor ist immer auf. Und meine Spuren sind vom Regen zunichte gemacht worden."

"Woher wusstest du überhaupt von der Schaufel, und dass sie immer dort stand?"

"Das wusste ich nicht. Ich bin einfach hingegangen, um irgendwas zu finden. Die Schaufel war das Praktischste, das da war. Und das angebliche Meeting bei Telli Route hat mir ausreichend Zeit am Nachmittag verschafft."

Ich überlegte. Was konnte ich fragen, um ihn zum Weiterreden zu bewegen?

"Und gefesselt habe ich mich auch alleine?", fragte ich, und spürte jetzt kaltes Metall an den Handgelenken.

Wieder lachte Bernd, dieses Mal gehässiger als vorher. Vermischt mit dem fortwährenden Geklapper hatte es etwas Surreales.

"Das ist mein Meisterstück", erklärte er. "Du hattest Angst, dass du dich im letzten Moment noch selbst befreien kannst. Deshalb hast du Handschellen genommen. Überlege mal: Die kann man sich selber anlegen, sogar hinter dem Rücken. Du brauchtest sie nur einschnappen zu lassen."

In Gedanken spielte ich das Szenario durch, tastete dabei mit der linken Hand nach dem Metallring, der um das rechte Handgelenk lag. Ja, das würde funktionieren. Er hatte wirklich an alles gedacht.

"Der Schlüssel liegt da hinten auf dem Boden", drang seine Stimme in mein Bewusstsein. "Du hast ihn weggeworfen, bevor du auf den Tisch gestiegen bist. Dann hast du deinen Hals in die Schlinge gelegt. Anschließend hast du dir die Handschellen angelegt. Sie können einschnappen, ohne dass der Schlüssel steckt. Natürlich finden sich überall deine Fingerabdrücke. Als du ohnmächtig warst hatte ich genügend Zeit, alles vorzubereiten. Etwas schwierig war die Sache mit dem Whisky. Du hast zwar fleißig geschluckt, als ich dir die Nase zugehalten habe, aber der eine oder andere Tropfen ist wohl trotzdem in die Lunge gegangen. Man wird hoffentlich davon ausgehen, dass du dich beim Trinken verschluckt hast."

Mein Kollege und Vorgesetzter ging an mir vorbei und verschwand aus meinem Blickfeld. Kurz darauf ging mir auf, dass ich gerade meine letzte Chance verspielt hatte. Ich stöhnte auf, als sich der Strick um meinem Hals spannte und ich einen leichten Zug nach oben verspürte. Natürlich, eben saß ich noch, und als ich aufgestanden war konnte das Seil nicht gespannt gewesen sein. Warum hatte ich mich nicht einfach wieder hingesetzt? Dann hätte Bernd schon mit aller Macht am Seil ziehen müssen, um mich hoch zu bekommen. Das hätte mit Sicherheit völlig andere Spuren an meinem Hals hinterlassen, als wenn mein volles Körpergewicht plötzlich und ruckartig in dem Seil hing, wie es beispielsweise geschehen würde, wenn der Tisch unter mir wegkippte. Aber jetzt war es zu spät. Das Seil war gestrafft, und vermutlich hatte Bernd es auch bereits wieder irgendwo befestigt. Verdammt.

Klapper, klapper.

Der Mann, den ich schon lange kannte, der mir jetzt aber so fremd erschien, trat wieder vor mich. Da sich meine Augen an die Dunkelheit gewöhnt hatten, erkannte ich etwas mehr.

"So, Uwe, willst du den Tisch selber umkippen, oder soll ich das für dich erledigen?" Ein weiteres gehässiges Lachen folgte.

"Nicht so schnell, Bernd. Ich finde, du bist mir wenigstens eine Erklärung schuldig. Warum ich? Und warum Stefan? Die fünf Minuten kannst du dir doch noch nehmen. Ich verspreche dir auch, dass ich nicht weglaufen werde." Wie brachte ich nur diesen Sarkasmus auf?

Mit einem amüsierten Lachen sah Bernd mich an. "Warum nicht. Du sollst nicht dumm sterben."

Er griff in die Gesäßtasche seiner Hose und brachte ein Päckchen Camel zum Vorschein. Mit sehr langsamen Bewegungen holte er eine Zigarette heraus und steckte sie sich zwischen die Lippen. Aus einer anderen Tasche holte er ein Feuerzeug und entzündete den Tabak.

Nachdem er genüsslich einen Zug genommen hatte, sagte er: "Siehst du, sogar daran habe ich gedacht. Anstatt mir wie üblich Marlboro zu holen, rauche ich eine andere Marke. Sollte es doch eine größere Untersuchung geben, werden sich keine Aschereste von meiner Sorte finden lassen."

"Du hast an alles gedacht, Bernd. Aber warum der ganze Aufwand? Was ist zwei Menschenleben wert?"

Klapper, klapper, rassel.

"Mein Leben. Mein Leben wäre mir sogar zehn Menschenleben wert. Ich bin egoistisch. Aber das sind wir doch alle, oder? Jeder ist sich selbst der Nächste."

Ich wusste keine Antwort darauf und schwieg. Nach einer Weile fuhr er fort: "Wie du weißt, arbeitete Stefan beim Finanzamt. Du weißt auch, dass ich nebenbei noch ein Gewerbe angemeldet habe. Was du allerdings nicht weißt, ist, dass ich über mein Gewerbe eine Menge Geld aus dem Unternehmen, für das auch du arbeitest, gezogen habe. Ich habe mir diverse Aufträge von beträchtlicher Größenordnung zugespielt. In meiner Position ist das recht einfach. Natürlich habe ich die Bücher an einigen Stellen frisiert. Aber ich will dich nicht mit Einzelheiten langweilen. Stefan hat bei einer Buchprüfung einiges zu Tage gefördert. Und statt ein Verfahren gegen mich einzuleiten, hat er mich erpresst. Deshalb musste ich ihn loswerden - schließlich lasse ich mich durch einen spitzfindigen Finanzbeamten nicht um mein Lebenswerk bringen."

Nach einer kurzen Pause setzte er hinzu: "Ich habe im Laufe der Jahre knapp drei Millionen erwirtschaftet. Auch durch ganz andere Geschäfte, die mehr als lukrativ waren – wenn du verstehst, was ich meine. Dafür verdiene ich deine Bewunderung."

Ich wollte nicken, doch das Seil war so straff gespannt, dass ich es nicht konnte. Wenn ich seinen Unterton bei dem Wort 'lukrativ' richtig interpretierte, dann meinte er eigentlich 'illegal'.

Zeit. Das war es, was ich brauchte. Mehr Zeit. Ich musste ihn weiter hinhalten. Irgendwann musste Marion doch merken, dass ich nicht wieder kam. Aber was würde sie dann tun? Die Polizei rufen? Bestimmt nicht. Konnte ich vielleicht meine Hände aus den Handschellen ziehen? Sie waren vom Schweiß so nass, dass sie rutschig wie Schmierseife waren. Aber so sehr ich es versuchte, es war aussichtslos.

Klapper.

"Aber warum hast du gerade mich ausgesucht, dem du es anhängst?", fragte ich. Um mehr Zeit zu haben, musste ich versuchen, ihn zu beschäftigen.

"Das hat nichts persönlich mit dir zu tun. Eigentlich mag ich dich. Aber es war das Naheliegendste. Ich wusste, dass er mit Sandra zusammen war. Eifersucht war schon immer das perfekte Motiv. Und es musste ja auch jemand sein, der gut für mich erreichbar war. Deshalb kamst eigentlich nur du in Frage: Gut erreichbar und mit Motiv."

"Und was hatte Stefan dort auf diesem gottverdammten Parkplatz gewollt?"

"Gar nichts, Uwe. Du hast ihn per Mail dort hinbestellt." Jetzt konnte Bernd sich kaum noch halten vor lachen.

Als er sich beruhigt hatte, wollte ich noch wissen: "Und wie ist Stefans Mail aus meinem Postfach verschwunden?"

Es war mir zwar klar, wie das zustande gekommen war, aber ich musste mir einfach immer neue Fragen einfallen lassen.

"Als Chef der Abteilung habe ich das Administrator-Passwort. Ich habe sie einfach vom Server gelöscht. Nichts einfacher als das. Später habe ich natürlich noch nachgesehen, ob du eine lokale Kopie auf deinem Rechner hattest, was aber nicht der Fall war."

"Warum hast du Marks Rechner benutzt, um die Mail zu verschicken?"

"Man kann nie vorsichtig genug sein. Und es hat sich ja auch gezeigt, dass ich gut daran getan hatte, nicht meinen eigenen Computer zu benutzen. Du hättest dich nie mit mir getroffen, wenn du die IP-Adresse auf meinem PC gefunden hättest."

Das stimmte wohl. Ich hatte den größten, und wahrscheinlich letzten, Fehler gemacht, als ich diesem Treffen zugestimmt hatte.

"War es leicht gewesen, Stefan zu erschlagen?" Eine bessere Frage fiel mir jetzt nicht mehr ein.

Fieberhaft dachte ich nach, ob es nicht doch einen Ausweg gab. Sollte ich um Hilfe rufen? Das würde Bernd zum Anlass nehmen, sofort den Tisch umzuwerfen. Bis dann jemand kam, wenn überhaupt jemand mein Rufen hören würde, wäre mir nicht mehr zu helfen gewesen. Also: schlechte Idee.

"Natürlich. Deine Schaufel war sehr praktisch."

"Hast du ihm in die Augen gesehen, als du es getan hast?"

Was befand sich eigentlich hinter mir? Gab es da vielleicht etwas Hilfreiches? Doch wie sollte ich das unauffällig feststellen?

"Wo denkst du hin? Am Ende hätte er sich noch gewehrt. Ich stand hinter ihm."

Klapper, rassel.

Bernd trat einen Schritt näher, und sagte verheißungsvoll: "Jetzt ist es aber Zeit. Ich möchte nachher noch essen gehen."

Klapper, rassel... Uwe...

Hatte ich mir das eingebildet, oder hatte da jemand meinen Namen gerufen? Bernd zeigte keine Reaktion und kam weiter auf mich zu, so vermutete ich, dass die leise Stimme nur in meiner Fantasie existierte.

Rassel, rassel, klapper... Uuuweeee...

Da war es wieder! Dieses Mal hielt auch Bernd inne. Das musste sie sein!

"Marion!", rief ich, so laut ich konnte. "Hier oben!"

"Scheiße", stieß Bernd ärgerlich hervor. Dabei kam er mir noch näher. Ich sah, dass er bereits dazu ansetzte, seinen rechten Fuß zu heben, um den Tisch damit umzuwerfen.

Ich reagierte nur noch unbewusst. Mein letzter Gedanke an Rettung hatte dem gegolten, was hinter mir sein könnte. Eine andere Idee hatte ich nicht gehabt. Deshalb stellte ich mich auf die Zehenspitzen, um das Seil etwas zu entspannen, und drehte mich vorsichtig, aber so schnell es eben ging, herum. Die Schlinge war noch nicht so weit zugezogen, und das raue Seil rieb mir den Hals auf. Doch die Schmerzen spürte ich gar nicht. Der neuerliche Adrenalinstoß machte mich für den Moment unempfindlich.

Als ich nun in die andere Richtung blickte, wurde ich enttäuscht. Die nächste Wand war etwa zwei Schritte entfernt, und ich sah nicht das Geringste, was mir helfen konnte. Selbst wenn es etwas gegeben hätte, wäre es für mich in der Dunkelheit vermutlich unsichtbar gewesen.

Dafür befand sich vor meinem Gesicht nun der nach oben führende Strick. Der Knoten drückte sich schmerzhaft auf meinen Kehlkopf.

"Uwe!" Jetzt war es etwas lauter, aber noch immer sehr weit entfernt.

Schon spürte ich, wie sich der Tisch langsam unter mir neigte. Die nächste Sekunde erlebte ich, als sei es eine Stunde. Alles schien in Zeitlupe abzulaufen. Wieder stellte ich mich auf die Zehen, so weit ich konnte, um das Seil zu lockern. Nun bog sich der vielleicht zwei Zentimeter starke Strick, und beschrieb vor meinem Gesicht eine S-Form. Da fiel es mir ein. Es war kein bewusst gedachter Gedanke, nur der Funke einer Idee. Ob es funktionieren würde, konnte ich nicht sagen. Aber eine andere Chance hatte ich sowieso nicht.

"Uwe!"

Klapper, klapper, rassel.

Ich öffnete meinen Mund, so weit es ging, legte den Kopf ein wenig auf die Seite, und biss mit aller Gewalt in den Strick.

Der Tisch kippte weiter, und meine Füße verloren den Kontakt. Ich hatte das Gefühl, dass ein Zahnarzt mir sämtliche Zähne gleichzeitig ziehen wollte. Das Seil rutschte ein paar Millimeter durch meine Zähne, und schnitt meine Zunge und meine Lippen auf. Noch fester, sagte ich entsetzt zu mir, und biss mit der Kraft des Verzweifelten zu. Mein ganzes Körpergewicht hing nun zwischen meinen Zähnen. Mir wurde schwindelig, aber ich ließ nicht nach, meine Kiefer wie Beißzangen aufeinander zu pressen. Mein Kopf bestand nur noch aus Schmerz. Und im Hintergrund hörte ich immer wieder das Klappern und Rasseln, das mir sicher zeitlebens in Erinnerung bleiben würde. Jetzt wurde es übertönt durch das Rauschen meines eigenen Blutes in meinen Ohren. Mein Puls war so laut, dass er sich wie Hammerschläge anhörte.

Merkwürdigerweise wurde meine Panik langsam von einer dumpfen Resignation abgelöst. Irgendwann würde ich keine Kraft mehr haben. Dann würde ich in das Seil fallen, mein Genick würde brechen, oder ich würde ersticken. Und dann? Das Sterben würde schlimm sein. Der Tod selber nicht. Es würde einfach vorbei sein. Nicht ich würde am meisten unter meinem Tod leiden, sondern die Menschen, die ich zurücklassen würde. Die Menschen, die mich liebten. Petra... Sandra... Michael...

Klapper, klapper, rassel.

Ich spürte, wie langsam meine Kiefernmuskeln erschlafften, und der Strick erneut einige Millimeter durch meine Zähne glitt. Mein Mund füllte sich mit einer heißen, klebrigen, und nach Eisen schmeckenden Flüssigkeit. Langsam wie Lava aus dem Schlund eines Vulkans lief sie über meine Lippen und tropfte schließlich nach unten. Der Schmerz in meiner Zunge, die nun offenbar aufgerissen war, brannte wie Feuer.

"Uuuwe!" Das Kreischen übertönte sowohl die Jalousien als auch das Rauschen in meinen Ohren. Marion musste jetzt im gleichen Raum wie ich sein.

Das Seil rutschte weiter. Dabei straffte es sich so, dass mein Kopf in eine noch schrägere Position gezerrt wurde. Er lag jetzt annähern waagerecht. Meine Halsmuskeln wurden überdehnt und schmerzten, als hätte sie jemand auseinander gerissen.

Klapper, klapper, rassel.

Laute Schritte. "Uuuwe!"

Noch ein letztes Mal brachte ich alle Kraft auf, um fester zuzubeißen. Meine Brille fiel mir dabei von der Nase. Mich wunderte, dass ich sie trotz der Turbulenzen nicht schon früher verloren hatte.

Dann verstummten die Schritte. Ich spürte, wie meine Beine umklammert wurden, und jemand mich nach oben hievte. Hoffentlich trat derjenige nicht auf meine Brille. Das Seil erschlaffte, und ich öffnete automatisch meinen Mund. Ein Stöhnen drang in meine Ohren, das sich allerdings mehr wie ein Grunzen anhörte. Es dauerte einen Moment, bis ich begriff, dass diese Geräusche von mir stammten.

"Uwe, bekommst du Luft?" Das war Marions zittrige Stimme.

Ich versuchte ein "ja" herauszubringen, aber es wurde wieder nur ein grässlicher Grunzlaut.

"Ich halte dich hoch, bis Hilfe kommt", erklärte Marion zuversichtlich.

Doch wo sollte Hilfe herkommen? Und wie lange würde Bernd brauchen, bis er bemerkte, dass hier nur eine einsame Frau war, die mich befreien wollte? Er hatte Stefan erschlagen, also würde er auch nicht zögern, Marion umzubringen.

Ich wurde ein wenig gedreht. Dann hörte ich etwas laut über den Boden schleifen. Noch immer hatte ich die Augen geschlossen, und nahm alles nur akustisch wahr.

"Pass auf. Ich versuche mit dem Fuß den Tisch heranzuziehen. Vielleicht kann ich ihn aufstellen."

Wieder wurde ich bewegt, sank etwas tiefer, aber nicht so weit, dass es kritisch wurde. Geräusche wie beim Möbelverrücken, ein Scharren und Kratzen. Einen Augenblick lang nichts. Dann spürte ich plötzlich, wie sich fester Untergrund unter meine Füße schob. Ich stand wieder auf dem Tisch.

"Kannst du selber stehen?", fragte Marion, und versuchte vorsichtig, mich loszulassen.

"Ja", grunzte ich unklar, wobei mir noch mehr Blut aus dem Mund spritzte. Als Marion mich endgültig losließ, war ich mir plötzlich nicht mehr so sicher. Mir wurde schwindelig, und ich hatte kein richtiges Gleichgewichtsgefühl. Ich wollte sie zurückrufen, brachte aber nur ein Gurgeln hervor.

Schon merkte ich, wie ich zu kippen drohte. Im letzten Moment konnte ich mich mit einer schnellen Bewegung abfangen. Die Bewegung war allerdings so intensiv, dass ich jetzt in die entgegengesetzte Richtung schwankte. Der Strick straffte sich um meinen Hals. Ich versuchte instinktiv die Arme hochzunehmen, um mich auszubalancieren. Die Handschellen verhinderten das. Ungeschickt setzte ich einen Fuß nach vorne, um mich abzufangen. Der Schritt ging ins Leere. Wie in Zeitlupe neigte sich mein Körper immer weiter nach vorne. Es gab nichts, was ich tun konnte, um einen Fall zu verhindern. Immer weiter zog sich die Schlinge zu. Ich spürte, wie das Seil in meinen Hals schnitt. So kurz vor der Rettung, und nun würde doch alles vorbei sein.

Obwohl es nicht länger als drei Sekunden gedauert haben konnte, empfand ich das Geschehene als eine Ewigkeit. Jede kleinste Veränderung wurde mir überdeutlich bewusst. Ein letzter Adrenalinstoß putschte mich auf.

Das Luftholen wurde schwerer, als Marion es fertig gebracht hatte, den Strick von seiner Halterung an der Wand zu lösen. Zwar konnte ich das nicht sehen, aber ich spürte wie der Zug von oben nachließ. Dann fiel ich vom Tisch. Einen panischen Moment lang befand ich mich in der Luft, dann schlug ich der Länge nach auf den harten Boden. Das letzte, was ich hörte, war das ewige Rasseln und Klappern, das so typisch für dieses Gebäude war. Dann verlor ich das Bewusstsein.

Anfangs dachte ich, dass eine Baustelle in der Nähe sein müsste, weil es so schrecklich in meinen Ohren dröhnte. Ein Presslufthammer schien meinen Kopf zu bearbeiten. Dann begriff ich, dass es nur ein Dröhnen in meinem Kopf war, welches keine reale Quelle hatte. Obwohl ich meine Augen geschlossen hatte, bemerkte ich, dass es hell um mich herum war. Ich lag auf dem Rücken. Die Handschellen waren weg. Atmen konnte ich auch, also hatte ich mich nicht erhängt. Richtig: Das Seil hatte plötzlich nachgegeben. Marion hatte es rechtzeitig geschafft. Ich verdankte ihr mein Leben. Aber wo war ich jetzt? In einem Krankenhaus?

Ohne weiter darüber nachzudenken schlug ich die Augen auf. Weiße Wände, weiße Decke. Keine krankenhaustypischen Geräte, soviel konnte ich auch ohne Brille erkennen. Ich sah auf einen Kleiderschrank und erkannte die Farbe wieder. Marions Gästezimmer. Und links neben mir saß Petra. Ich erahnte die sorgenvolle Miene in ihrem Gesicht. Jetzt spürte ich auch, dass sie meine Hand hielt. Es dauerte nicht lange, bis sie merkte, dass ich wach war.

"Uwe", flüsterte sie, wobei sie zu lächeln versuchte. Es sah etwas gequält aus, aber mit Sicherheit besser als das Lächeln, das ich versuchte.

Meine gesamte Mundregion schmerzte heftig, die Lippen schienen aus Pergament zu bestehen, das bei der kleinsten Bewegung zu reißen drohte. Trotzdem öffnete ich den Mund und versuchte etwas zu sagen. Es blieb beim Versuch.

"Warte", sagte Petra, und beugte sich zur Seite. Mit einem feuchten Waschlappen kam sie wieder in mein Blickfeld. Damit tupfte sie vorsichtig meine Lippen ab. Die kühle Feuchtigkeit tat gut.

Wieder versuchte ich zu sprechen. Mühsam es gelang mir, ein "Durst" zu artikulieren.

Petra bückte sich diesmal zur anderen Seite. Von dort brachte sie ein Glas Wasser zum Vorschein. Behutsam legte sie ihre andere Hand unter meinem Kopf und half mir, ihn zu heben. Dann führte sie das Glas an meinen Mund. Der erste Schluck tat höllisch weh, dann wurde es besser. Noch immer hatte ich den unangenehmen Geschmack meines Blutes im Mund. Das wurde auch durch das Wasser kaum besser.

Als ich das Glas zur Hälfte geleert hatte, legte ich mich wieder zurück, und Petra stellte das Glas wieder zu Boden.

"Kannst du sprechen?", fragte sie.

"Denke, jetzt geht's. Habt ihr an meine Brille gedacht?", krächzte ich. Es strengte mich nun weniger an, als ich vermutet hatte. Meine Stimme war zwar nicht wohlklingend, aber verständlich. Während sie mir vorsichtig die etwas verbogene und leicht verkratzte Brille aufsetzte, erzählte sie: "Marion hat uns angerufen, nachdem du vom Tisch gestürzt warst. Sie macht sich arge Vorwürfe, weil sie dich vom Tisch fallen lassen hat."

"Machst du Witze? Sie hat mir das Leben gerettet."

"Sie meint, sie hätte besser aufpassen müssen."

"Sie hätte schon die ganze Nacht bei mir am Tisch stehen bleiben und mich festhalten müssen, bis jemand mich aus der Schlinge befreit hätte. Und dann wäre womöglich Bernd zurückgekommen, und wir hätten es beide nicht überlebt. Marion hat genau das Richtige getan." Das Reden schmerzte, aber es gibt Dinge, die einfach gesagt werden mussten.

"Sie war sich auch nicht sicher, ob sie nicht besser einen Krankenwagen hätte rufen sollen. Aber dann wäre sofort die Polizei eingeschaltet worden."

"Ich glaube, das macht jetzt nichts mehr. Ich weiß, wer es war, und auch, was das Motiv war."

"Bernd war es?"

"Ja. Er hat mir alles erzählt, weil er dachte, dass ich es sowieso nicht überleben würde."

Vorsichtig begann ich, mich aufzusetzen. Dabei fing der Presslufthammer wieder an zu dröhnen. Ich fühlte nach meinem Kopf und bemerkte, dass mir jemand einen Verband angelegt hatte.

"Du hast eine ziemlich böse Wunde. Dein Kopf ist ungebremst auf den Boden aufgeschlagen. Wir sollten unbedingt in ein Krankenhaus fahren und es röntgen lassen."

Gedämpft hörte ich in der Wohnung ein Telefon klingeln. Petra sah erst überrascht auf, dann blickte sie auf ihre Armbanduhr.

"Wie spät ist es?", wollte ich wissen.

"Viertel nach vier."

"Dann war ich gar nicht so lange ohne Bewusstsein, oder ist inzwischen schon ein Tag vergangen?"

"Es waren nur ein paar Stunden."

Ich setzte mich endgültig auf. Nachdem der unmittelbar auftretende Schwindel verschwunden war, ging es einigermaßen.

"Du solltest liegen bleiben."

"Ich denke, ich soll in ein Krankenhaus."

"Wir können einen Krankenwagen rufen."

"Nein. Hier bin ich ja auch lebendig hergekommen. Wie habt ihr mich eigentlich herbekommen?"

"Ich habe Frank und eine Taschenlampe mitgebracht. Frank ist ziemlich kräftig und hat dich alleine nehmen können."

Frank. Da war er wieder. Und jetzt hatte er mir auch noch geholfen! Augenblicklich wurde mir wieder schwindelig und schlecht, so dass ich mich doch zurücklegte.

"Soll ich nicht doch lieber einen Krankenwagen rufen?", fragte Petra besorgt.

"Nein. Gib mir fünf Minuten, dann ist es gut."

Ihrem Gesicht konnte ich ansehen, dass sie daran nicht glaubte.

Wir blieben eine Weile stumm, und ich atmete mehrfach tief durch, um meinem Körper mehr Sauerstoff zuzuführen.

Dann betrat Marion das Zimmer. An ihrer Kleidung sah ich, dass sie noch nicht im Bett gewesen war. Beim Betreten des Zimmers war sie sehr vorsichtig. Offenbar dachte sie, dass ich noch nicht bei Bewusstsein war. Dann erkannte sie das Gegenteil, und bewegte sich schneller.

Was immer sie für Nachrichten mitbrachte, es konnten keine guten sein, das sah man ihr deutlich an.

"Uwe, wie geht es dir?", begann sie.

Ohne auf ihre Frage einzugehen fragte ich: "Was ist passiert?"

Sie antwortete nach einem kurzen Zögern: "Bernd hat angerufen."

"Woher hat der denn deine Nummer?", fragte ich erstaunt.

"Ich hatte meinen Wagen offen gelassen, als ich nach dir gesehen hatte. Er muss eine Treppe auf der anderen Seite des Hauses hinuntergegangen sein. Da mein Wagen der einzige weit und breit war, konnte er unschwer kombinieren, dass er irgendwie zu der Stimme, die sich näherte, gehörte. Im Wagen hat er einen Brief mit meiner Adresse gefunden."

Als sie nicht weiter erzählte, drängte ich: "Und was wollte er?"

"Er hat erst gefragt, ob wir schon bei der Polizei waren." Ihre Stimme wurde jetzt immer leiser. "Als ich das dummerweise verneinte, sagte er, er würde Sandra umbringen, wenn wir es täten."

Das traf mich wie ein Faustschlag. Petra schien es nicht besser zu gehen, denn sie sah Marion entgeistert mit offenem Mund an.

"Und was verlangt er?", fragte ich.

"Dass du ein Geständnis unterschreibst."

"Das kann nicht sein Ernst sein. Ihm muss doch klar sein, dass das keinen Wert hätte. Zumal er die Erpressung auch noch über meine Anwältin laufen lässt."

Marion schwieg mit ernstem Gesicht.

"Das ist noch nicht alles, was er verlangt", vermutete ich.

Noch immer sagte Marion nichts.

Jetzt schaltete Petra sich ein: "Was ist es, Marion?"

"Er verlangt", sagte die Anwältin mit brüchiger Stimme, "dass Uwe sich danach das Leben nehmen soll."

Das hätte mich eigentlich tief treffen sollen, aber tatsächlich berührte es mich gar nicht. Dazu war mir schon zuviel passiert. Vielmehr berührte es mich, dass Sandra in Gefahr war.

Petra wandte sich zu mir: "Ich dachte immer, dass Bernd so intelligent ist. Aber im Moment wirkt er eher schwachsinnig auf mich."

"Bernd ist ein ausgezeichneter Stratege, solange er ausreichend Zeit zum Planen hat. Kurzfristig auf Änderungen zu reagieren war noch nie seine Stärke. Ich habe ihm bei Vertragsverhandlungen mehr als einmal aus der Klemme geholfen, als ich merkte, dass er plötzlich völlig überfordert war. Einmal hätte er beinahe Zugeständnisse gemacht, die unser Unternehmen eine Million Euro gekostet hätten."

"Du meinst, er dreht durch, wenn er in die Enge getrieben wird?"

"So könnte man es nennen. Du weißt doch: Wahnsinn und Genie gehen Hand in Hand."

Ich sah zu Marion. "Er hat also Sandra in seiner Gewalt?", fragte ich sie.

"Das hat er so nicht gesagt", erläuterte Marion. "Er hat nur gesagt, dass er sie umbringen würde. Deshalb nehme ich es an."

"Würdest du mir bitte mein Handy bringen?"

Ich musste mich einfach selber davon überzeugen und bei Sandra anrufen.

Mit extrem verschlafener Stimme meldete sie sich beim achten Freizeichen.

"Entschuldige, wenn ich dich geweckt habe", eröffnete ich das Gespräch.

"Uwe! Das macht doch nichts. Du kannst mich immer anrufen. Aber was ist mit deiner Stimme? Du klingst etwas merkwürdig."

"Sandra, hör' mir bitte gut zu", sagte ich eindringlich, ohne auf ihre Frage einzugehen. "Du bist in Gefahr. Ist deine Wohnungstür abgeschlossen?"

"Ich schließe nachts immer ab, das weißt du doch."

"Gut. Ich komme gleich zu dir. Mache niemandem außer mir auf. Versprich es mir!"

"Ja", sagte Sandra verwirrt, "natürlich. Ich verspreche es dir. Ich freue mich auf dich."

Zu ihrer letzten Bemerkung wollte ich jetzt nichts sagen. Das hätte zuviel Zeit gekostet.

Mit einem kurzen "bis gleich" verabschiedete ich mich.

Dann blickte ich in die Runde. Zwei fragende Augenpaare waren auf mich gerichtet.

"Wie wollen wir vorgehen?", sprach Marion die offensichtliche Frage aus.

"Wir holen sie ab", erklärte ich. Das Sprechen fiel mir schwer. Meine Zunge fühlte sich an, als wäre sie in Beton gegossen und ließ sich nur unter großen Anstrengungen bewegen. Trotzdem fuhr ich fort: "Dann fahren wir mit ihr zur Polizei. Wenn wir sie bei uns haben, können wir uns darauf verlassen, dass sie in Sicherheit ist."

Die beiden Frauen gaben durch ein stummes Nicken ihr Einverständnis. Es wunderte mich ein wenig, dass Petra mich nicht zu überreden versuchte, zunächst ein Krankenhaus oder zumindest einen Arzt aufzusuchen. Ich war froh, dass sie es nicht tat.

Als ich langsam aufstand, wurde mir klar, dass nicht nur mein Kopf schmerzte. Der linke Arm hatte Prellungen davongetragen und war großflächig aufgeschürft. Meiner Hüfte ging es auf der linken Seite ebenfalls nicht besser. Dagegen war das Stechen in meinen Fingern, die noch immer von der Schrauberei wehtaten, kaum der Rede wert. Am schlimmsten jedoch war mein Mund. Er war derart zerschunden, dass ich wirkliche Höllenqualen litt.

"Hast du Schmerztabletten?", fragte ich an Marion gerichtet.

Meine Lebensretterin bejahte es und ging, um sie zu holen.

Petra stand ebenfalls auf und nahm mich in den Arm. Dabei war sie sehr vorsichtig, um nicht meine Wunden weiter zu malträtieren.

"Ich habe so eine Angst um dich gehabt", flüsterte sie. Dann hielt sie mich einfach nur, und ich genoss es. Nach einer Weile löste sie sich von mir.

"Lass mich Frank fragen, ob er mitkommt." Dabei sah sie mir direkt in die Augen.

Wieder beschlich mich dieses merkwürdige Gefühl in der Magengegend. Wie sollte ich mich dem Mann gegenüber verhalten?

Dann dachte ich daran, was passieren würde, wenn ich mit Petra und Sandra gleichzeitig zusammen wäre. Sandra würde definitiv versuchen, sich an mich zu hängen. Und Petra würde von Frank umsorgt werden.

Mit einem Kopfschütteln verscheuchte ich die Gedanken. Um das Kopfschütteln zu erklären, sagte ich: "Ich möchte nicht, dass noch mehr Leute wegen mir in Gefahr geraten."

"Er würde mich sowieso nicht alleine dorthin gehen lassen. Mache dir um Frank keine Sorgen, dem passiert nichts."

So stark war also seine Bindung zu Petra. Normalerweise hätte ich jetzt zu diskutieren versucht, aber dazu fehlte mir die Kraft. Also nickte ich nur und nahm es einfach hin.

Marion kam mit den Tabletten und einem frischen Glas Wasser. Ich nahm zwei Ibuprofen 400. Petra verließ das Zimmer, um mit Frank zu sprechen, der sich scheinbar im Wohnzimmer befand. Er hatte sie also nicht mal alleine herkommen lassen.

Als ich mich mit Marion ebenfalls ins Wohnzimmer gesellte, verstand ich, was Petra meinte, als sie sagte, ich solle mir um

Frank keine Sorgen machen. Ich hatte in meiner Jugendzeit einen Kleiderschrank gehabt, der einen Meter breit und zwei Meter hoch war. Ähnlich würde ich Frank beschreiben. Obwohl sein T-Shirt kein Muscleshirt war, ließ es keinen Zweifel an seiner körperlichen Fitness aufkommen. Mit seinen blonden, langen Haaren und seinem nach unten gebogenen Schnurrbartenden erinnerte er mich an den amerikanischen Catcher Hulk Hogan zu seiner Weltmeisterzeit.

Sobald er mich sah, machte er einen gewaltigen Schritt auf mich zu, streckte die Hand aus, und lächelte mich an.

"Hi. Ich bin Frank." Im krassen Gegensatz zu seinem Körper machte seine Stimme einen äußerst sanftmütigen Eindruck.

Es war unglaublich. Ich war davon ausgegangen, dass ich eine unüberwindbare Abneigung gegen diesen Mann entwickeln würde. Das war es eigentlich auch, was ich wollte. Aber stattdessen wurde ich von seiner sympathischen Art und seiner erstaunlich freundlichen Ausstrahlung überwältigt. Beides passte ebenso wenig zu seiner körperlichen Erscheinung wie seine sanfte Stimme. Oh Mann, gegen diesen Mann würde ich niemals auch nur die geringste Chance haben. Er war ein Tarzan mit Herz und Manieren. Alles, was bei mir ankam, war Selbstsicherheit und Kraft, gepaart mit einem liebevollen und sanften Wesen. Und das alles stellte ich im Bruchteil einer Sekunde fest.

Ich nahm seine Hand und stellte mich ebenfalls vor.

"Freut mich, dich kennen zu lernen. Petra hat viel von dir erzählt. Tut mir leid, was dir da passiert ist. Aber jetzt werden wir besser auf dich aufpassen."

"Danke. Eigentlich möchte ich es gar nicht verantworten, dass noch mehr Menschen in Gefahr geraten. Du hast mit mir immerhin nicht das Geringste zu tun." Alleine die Höflichkeit gebot mir, seine Hilfe wenigstens pro forma abzulehnen.

"Du glaubst gar nicht, wie viel ich mit dir zu tun habe. Du bist der erste, der scheinbar mit meiner Schwester umgehen kann. Damit nimmst du mir eine kleine Last ab." Dabei lachte er, und Petra knuffte ihn in die Seite.

Schwester? Er hatte Schwester gesagt! Frank war ihr Bruder! Verdammt, was war ich doch für ein Idiot.

Das plötzliche Glücksgefühl, das mich überkam, entschädigte mich für all die Schmerzen in meinem Körper. Ich wusste nichts zu sagen, und machte wohl ein sehr merkwürdiges Gesicht, denn Frank fragte: "Ist alles in Ordnung?"

"Ja. Ich habe mich nur über das gefreut, was du gesagt hast." Das entsprach der Tatsache, nur würde Frank es anders auffassen, als ich es gemeint hatte.

Eine dreiviertel Stunde später standen wir vor dem Haus, in dem Sandra wohnte. Wir hatten verabredet, dass ich mit Marion hineingehen würde, während Petra und Frank draußen Wache hielten. In gewohnter Manier waren wir zuvor einige Male die Nebenstraßen abgefahren. Trotz aller Aufmerksamkeit hatten wir dabei nichts Auffälliges entdecken können.

Der winzige Vorgarten von Sandras Haus bot keine Versteckmöglichkeit, so ging ich mit Marion zielstrebig und ohne weitere Vorsichtsmaßnahmen zur Haustür. Sandra schien schon auf uns gewartet zu haben, denn sie öffnete schnell die Tür. Misstrauisch sah sie Marion an.

"Das ist meine Anwältin. Marion, das ist Sandra", stellte ich sie gegenseitig vor.

"Eine ganz besondere Beziehung zum Klienten, was?", sagte Sandra spitz.

"Oh, wir saßen schon ein paar Stunden zusammen in einem dunklen Schacht", konterte Marion.

Der kurze Wortwechsel war mir unangenehm, und ich sah noch Schlimmeres auf mich zukommen, sobald Sandra auf Petra treffen würde.

Wir traten ein, und Sandra schloss die Tür hinter uns. Vorsichtig wie sie war, schloss sie auch wieder ab.

"Geht ins Wohnzimmer. Du kennst dich ja aus. Ich hole noch eben etwas zu trinken."

"Wir wollten uns gar nicht lange aufhalten", wandte ich ein. "Eigentlich wollten wir dich nur abholen."

"Abholen? Dann solltest du mir wenigstens erklären, was das alles zu bedeuten hat. Das ist wohl das Mindeste, was ich erwarten kann, oder?" Ihre Stimme klang noch immer sehr schnippisch. Aber natürlich musste ich sie auch verstehen. Ich tauchte mitten in der Nacht bei ihr auf. Da konnte ich nicht erwarten, dass sie einfach so mit uns kommen würde, ohne überhaupt zu wissen warum. Also führte ich Marion ins Wohnzimmer.

Beim Betreten des Raumes griff ich automatisch nach dem Lichtschalter. Die Technik versagte. Alte Erinnerungen wurden wach. Irgendwas stimmte mit der Deckenleuchte nicht. Schon damals brannte regelmäßig in kurzen Abständen die Birne durch. Aber es gab hinten in der Ecke noch den Deckenfluter. Vorsichtig tastete ich mich an der Dreiercouch vorbei. Durch die große Fensterfront drang nicht das geringste Licht, da Sandra die Rollläden heruntergelassen hatte. Und das war sicher auch gut so, denn sie boten einen zusätzlichen Schutz vor Bernd.

Die Halogenlampe stand noch dort, wo sie immer gestanden hatte. Ich stellte das Licht auf halbe Helligkeitsstufe, drehte mich um, und... erstarrte!

In der Wohnzimmertür stand ein breit grinsender Bernd. Bewaffnet mit einer Pistole sah er sehr siegessicher aus.

Als Marion meinen Gesichtsausdruck sah, drehte auch sie sich um. Obwohl sie Bernd nicht kannte, musste ihr umgehend klar geworden sein, wer vor uns stand.

Ich fasste mich erstaunlich schnell.

"Steck' das Ding weg, Bernd. Wenn du uns jetzt erschießt, dann hast du mehrere Morde am Hals. Wir sind nicht alleine gekommen. Draußen sind noch Freunde von mir, und die Polizei kommt auch in ein paar Minuten." Ich pokerte ein wenig, in dem ich der Wahrheit noch etwas hinzudichtete.

Bernds Lachen blieb. "Nein, Uwe, du hast die Polizei nicht angerufen. Das würde nicht zu dir passen. Du musstest vermuten, dass du damit Sandra in Gefahr bringst." Er schüttelte wissend den Kopf. "Nein. Die Polizei wird nicht kommen. Und was deine Freunde da draußen betrifft, die haben wir schon längst bemerkt."

Wir? Wen meinte er mit wir? Wie war er überhaupt unbemerkt an Sandra vorbeigekommen? Außer sie... Aber das konnte nicht sein!

"Wo ist Sandra?", brach mein Gedanke aus mir heraus.

Sein Grinsen wurde breiter. "Die holt gerade eure Freunde herein. Es ist wohl klar, dass ich die auch nicht am Leben lassen kann."

Nun verschlug es mir doch die Sprache. Bernd wurde dadurch zu seinem hämischen Lachen veranlasst, dass ich schon in dem alten Gebäude kennen gelernt hatte.

"Du bist zu leichtgläubig, Uwe. Ich bin sehr stolz auf Sandra. Sie scheint dich wirklich überzeugt zu haben. Die Story war aber auch gut."

"Sie war nie mit Stefan zusammen gewesen", flüsterte ich, mehr zu mir selbst, als zu Bernd.

"Doch, doch, das war sie schon. Aber aus einem ganz anderen Grund. Sie musste für mich herausfinden, ob Stefan irgendwem von meiner Steuersache erzählt hatte. Der Arme hatte so eine Panik davor, dass du etwas erfahren könntest, nachdem Sandra ihm erfolgreich den Kopf verdreht hatte." Wieder das gehässige Lachen. "Genauso hat sie für mich hin und wieder herausgefunden, woran ich bei meinen Mitarbeitern oder anderen Leuten bin."

Die Bedeutung seiner Worte traf mich wie ein Schlag ins Gesicht. Mein Herz verkrampfte sich in meiner Brust. Es war unfassbar. Und es stimmte nicht. Es konnte nicht stimmen. Ich wollte nicht, dass es stimmte. Schon bei dem Gedanken daran, dass es wahr sein könnte, stieg in mir eine unsagbare Enttäuschung auf. Er wollte mich nur verletzen, aus welchem Grund auch immer.

Doch dann kamen sie herein. Zunächst Frank, dann Petra, gefolgt von einer jetzt ebenfalls bewaffneten Sandra. Es war unfassbar. Diese Frau hatte mir lange Zeit die große Liebe vorgespielt. Sie war mit mir ins Bett gegangen, und hatte Freude dabei empfunden. Oder hatte sie nur so getan? Ich wusste es nicht. Ich wusste überhaupt nichts mehr.

"Tut mir leid, Süßer", kommentierte Sandra ihr Tun. "Aber wenn du so viele Leute mit hineinziehst, dann musst du auch damit rechnen, dass sie zu Schaden kommen." Ihre Stimme klang ruhig. Keine Nervosität war herauszuhören, keine Reue, aber auch kein Vorwurf oder Hass. Nur Kälte. Eine Kälte, die ich nie an ihr bemerkt hatte. Konnte man sich wirklich so in einem Menschen täuschen? Oder träumte ich das alles nur?

Ich war nicht in der Lage etwas zu sagen.

Bernd befahl, dass wir uns auf die breite Couch setzen sollten. Wir quetschten uns nebeneinander, bis wir dort saßen wie die Hühner auf der Stange. Ich saß ganz links, dann kam Petra, gefolgt von Frank, und am anderen Ende saß Marion.

Nachdem Bernd ihr ein Zeichen gegeben hatte, verschwand Sandra hinter uns. Er selber blieb vor uns, in sicherem Abstand, und hielt uns in Schach.

Ich hörte, wie hinter uns mit einem hohl klingenden Metallgegenstand hantiert wurde. Als ich das Geräusch einer schwappenden Flüssigkeit vernahm, dachte ich unmittelbar und entsetzt an einen Benzinkanister. Wollten sie uns verbrennen? Aber das würde doch spätestens auf den zweiten Blick als Mord erkannt werden.

Ich hatte mich geirrt, was den Inhalt der Dose betraf. Aus dem Augenwinkel erkannte ich, wie Sandras Hand mit einem feuchten Tuch am anderen Ende der Couch zum Vorschein kam.

"Atmet einfach nur tief ein, dann ist alles ganz leicht", befahl Bernd. "Es tut nicht weh."

Sandra drückte das Tuch vor Marions Nase und Mund, und ich verstand, dass sie uns mit Chloroform oder etwas ähnlichem betäuben wollten. Vielleicht wollten sie uns an einen anderen Ort bringen und uns dort erst töten. Ich war überzeugt davon, dass Bernd einen Plan hatte, der funktionieren würde.

Als Marion in sich zusammengesunken war, machte Sandra bei Frank weiter. Offenbar hatte Bernd vor ihm am meisten Respekt, denn jetzt zielt er direkt auf Franks Kopf.

Danach war Petra dran. Ich hielt ihre Hand, und sie drückte meine so fest, dass ich ihre Angst förmlich spürte. Und alles wegen mir. Ich hatte sie mit hineingezogen. Sie alle. Wäre ich in der Nacht, die für mich schon eine Ewigkeit zurücklag, nicht vor der Polizei weggelaufen, wäre alles anders gekommen. Vielleicht hätte die Polizei Bernd auch so gefasst. Vielleicht auch nicht.

Jetzt wusste ich, dass ich es nicht überleben würde. Doch viel schlimmer war, dass dieses Schicksal auch andere Menschen traf.

Petras Hand entspannte sich. Ich hielt sie weiter fest.

"Bernd", begann ich, "wir hatten das ja schon mal. Du schuldest es mir, dass du mir wenigstens erzählst, wie wir enden werden."

Ich konnte den starken Geruch der Chemikalie bereits ganz deutlich wahrnehmen, aber Sandras Hand kam noch nicht. Wahrscheinlich wartete sie auf Bernds Reaktion. Der lächelte, und konnte es sich wohl nicht verkneifen, noch ein wenig in der Bewunderung für seine tolle Idee zu baden, denn er erklärte: "Ihr werdet einen ganz schrecklichen Unfall haben. Gemeinsam saßt ihr in der Küche und berietet darüber, wie ihr weitermachen solltet. Was keiner von euch wusste ist, dass die Gaszufuhr zu dem Gasherd beschädigt war. Das besonders Tragische ist, dass im Wohnzimmer noch eine Kerze vom Vorabend brannte. Irgendwann war das Gas bis dorthin vorgedrungen. Bei der Explosion blieb nicht allzu viel von euch übrig. Von dem Chloroform wird man nichts mehr feststellen."

"In der Wohnung von Sandra? Dann müsste sie ja mit uns sterben, damit es glaubwürdig ist", wandte ich ein, obwohl ich davon überzeugt war, dass Bernd auch hierfür eine passende Lösung hatte.

"Bald macht der erste Bäcker in der Nähe auf. Sandra wollte Brötchen holen, denn eure illustre Gruppe verspürte Hunger auf Frühstück. Sie hatte wirklich mehr Glück als Verstand gehabt, dass sie zum Zeitpunkt der Explosion nicht im Haus war."

Ich zog die Stirn in Falten und schüttelte den Kopf. "Sandra, du willst wirklich dein tolles Haus für einen Verbrecher in die Luft fliegen lassen?"

"Rate mal, wer es gekauft hat", sagte Bernd, und seine Stimmlage ließ keinen Zweifel daran, dass er es gewesen war.

"Ihr setzt uns also in die Küche", stellte ich fest, "macht eine Kerze im Wohnzimmer an, und lasst Gas ausströmen."

"Du bist ein schlauer Junge, Uwe. Ist eigentlich schade um dich." Bernd gab Sandra mit dem Kopf das Zeichen, ihre Arbeit an mir zu vollenden.

Jetzt hatte ich wirklich keine Zeit mehr, große Pläne zu schmieden. Ich musste umgehend handeln. Und das möglichst, ohne dabei von Bernd erschossen zu werden.

"Wenn ich mich jetzt wehre und du mich erschießt, geht dein Plan nicht auf", platzte ich heraus, und hob schon die Hände, um mich vor dem Chloroform zu schützen.

Mit einem selbstherrlichen Lachen entgegnete Bernd jedoch: "Aber nein, Uwe. Die Kugel werde ich entfernen. Die Wunde des Schusses wird niemand mehr sehen. Hast du mal eine Gasexplosion gesehen? Oder einen Gasbrand? Feuerwehrleute hassen Gasbrände mehr als alles andere. Es bleibt kaum etwas übrig." Er machte eine kurze Pause, und ich ließ die Worte auf mich wirken. Ich kannte mich mit Bränden zu wenig aus, um beurteilen zu können, ob Bernd Recht hatte. Das spielte auch keine Rolle. Es kam im Moment nur darauf an, dass er offensichtlich selber daran glaubte, also würde er auch schießen.

"Du hast die Wahl", fuhr er fort. "Wenn ich dich verletze, wirst du alles bis zum letzten Augenblick unter Schmerzen miterleben. Angenehmer wird es sein, bewusstlos das Ende zu erwarten."

Wieder nickte er Sandra zu, und mir war klar, dass ich mich nun in die Situation fügen musste. Doch ich würde alles tun, um möglichst wenig von der Chemie einzuatmen. Ob es klappen würde, konnte ich nicht sagen, aber welche Alternative hatte ich schon?

Bevor sich Sandras Hand mit dem Betäubungsmittel genähert hatte, atmete ich tief ein. Dabei zog ich den Bauch ein. Es war ein sehr merkwürdiges, falsches Gefühl. Aber das war mir egal.

Jetzt spürte ich, wie sich etwas Feuchtes, Kaltes über Nase und Mund legte. Es brannte bestialisch auf meinen Lippen. Obwohl ich nicht mehr einatmete, roch und schmeckte ich die Chemikalie.

„Ich hatte viel Spaß mit dir, Liebster“, flüsterte mir Sandra kaltherzig ins Ohr und knabberte kurz an meinem Ohrläppchen. Abscheu überkam mich. Wie konnte ich mich nur so in einem Menschen irren?

Jetzt musste ich mich konzentrieren und ich begann, eine Atembewegung zu simulieren. Während ich den Körper etwas aufrichtete, indem ich den Rücken durchdrückte, wölbte ich meinen Bauch nach außen. Es konnte durchaus den Eindruck machen, dass ich einatmete. Dann zog ich den Bauch wieder ein und atmete einen kleinen Teil der Luft, die ich in den Lungen hatte, aus. Ich hoffte, dass sich dadurch das feuchte Tuch etwas erwärmte, und Sandra zu der Annahme verleiten würde, dass ich tatsächlich atmete.

Das Spiel wiederholte ich, und meine Luft reichte auch noch für ein drittes Mal aus. Dabei schloss ich langsam meine Augen, die mir vor Schmerzen an den Lippen tränten. Dann entspannte ich meinen ganzen Körper, so gut ich konnte, und erschlaffte in der Couch. Jetzt kam es darauf an, toter Mann zu spielen. Das würde schwer sein, weil der Mensch in bestimmten Situationen automatisch reagierte, wenn er bei Bewusstsein war. Das durfte mir nicht passieren. Sie würden mich in die Küche schleppen. Wenn sie mich dabei versehentlich fallen ließen, durfte ich mich nicht abfangen.

Während dieser Gedanken wartete ich darauf, dass Sandra endlich ihre Hand von meinem Gesicht nahm. Langsam wurde mir schwindelig, ich musste dringend wieder Luft holen. Aber ihre Hand blieb dort, wo sie war. Verdammt. Das war nun also das Ende? Beherrsche dich, dachte ich mir. Nicht atmen. Du darfst nicht atmen.

Es kam mir wie eine Ewigkeit vor. Das feuchte Tuch verschwand einfach nicht. Worauf wartete Sandra nur? Ich hatte das Gefühl, als müssten meine Lungen platzen. Mein Körper schrie nach Luft. Der instinktive Reflex, Luft zu holen, ließ sich kaum noch unterdrücken. Wenn ich jetzt nicht atmete, würde man meinem Gesicht die Anstrengung ansehen können. Verdammt, es war vorbei.

Ich begann gerade, tief einzuatmen, als der leichte Druck von meinem Gesicht verschwand. Aber es war zu spät für mich. Zuviel der einschläfernden Substanz drang in meine Lungen. Ein kurzer Schwindel, ein endgültiges Erschlaffen der Muskeln, und dann... nichts.

War ich im Himmel? In der Hölle? Unglaublicherweise gab es hier so etwas wie körperliche Schmerzen. Und Übelkeit. Wie konnte das sein? Gar nicht. Nein, es musste noch immer mein irdisches Leben sein!

Geruch. Übelkeit. Starke Übelkeit. Gasgeruch!

Plötzlich war alles wieder da. Das Gas hatte sich also noch nicht entzündet. Ich öffnete die Augen und lag mit dem Kopf auf der Tischplatte des Küchentischs. Langsam hob ich ihn an.

Meine Brille saß zum Glück noch auf meiner Nase, war allerdings noch mehr verbogen als vorher.

Aber zunächst hatte ich ganz andere Sorgen. Ich musste das weitere Vorgehen entscheiden.

Ich betrachtete das Bild, welches sich mir bot. Bernd und Sandra hatten uns um den Küchentisch herum gesetzt.

Offenbar hatte ich so wenig von dem Chloroform eingeatmet, dass die Wirkung nur von kurzer Dauer gewesen war. Letztlich war es dann vielleicht ganz gut gewesen, dass ich doch betäubt wurde. So hatte es nicht auffallen können, dass ich noch bei Bewusstsein gewesen war - denn ich war es ja nicht.

Aber jetzt musste ich schnell handeln. Mein nächster Atemzug brachte mir erneut große Übelkeit, also war schon viel Gas im Zimmer. Ich blickte mich um. Dabei bewegte ich den Kopf langsam, damit mir nicht noch schwindeliger wurde.

Es dämmerte bereits. Bernd und Sandra mussten einige Zeit gebraucht haben, alles herzurichten.

Die Küchentür war angelehnt. Vermutlich sollte damit sichergestellt werden, dass sich genügend Gas in der Küche sammeln würde, bevor es sich entzündete. Meine Güte, wie lange hatte ich überhaupt noch Zeit?

Ich hielt mir die linke Hand vor Mund und Nase, was aber wenig brachte. Dann stand ich auf. Dabei war ich so unkoordiniert, dass ich den Stuhl hinter mir umstieß. Benommen wankte ich zur Tür, überlegte es mir anders, drehte um, und stolperte zum Fenster. Meine Hand hielt schon den Griff fest umklammert, als mir Zweifel kamen. Wenn es Durchzug gab, würde das Gas eventuell schneller ins Wohnzimmer getragen werden. Also ging ich noch einmal zurück, um die Tür zu schließen. So gut ich konnte beeilte ich mich. Das Schwindelgefühl nahm immer mehr zu. Die Übelkeit ebenfalls. Jetzt war ich wieder auf dem Weg zum Fenster.

Zu allem Überfluss stolperte ich auch noch über den Stuhl, auf dem ich vor wenigen Momenten noch gesessen hatte. Wegen meiner fehlenden Koordinationsfähigkeit fing ich den Sturz nicht rechtzeitig ab und schlug hart mit dem Gesicht auf dem Boden auf. Dunkelheit breitete sich in meinem Kopf aus. Meine Gedanken verloren sich irgendwo in meinem Gehirn. Es wurde still, und ich versank in einem wohligen Schlaf.

Beinahe zumindest. Ein winziges Stück noch funktionierender Gehirnmasse sorgte für den kleinen Funken, der den Rest wieder in Gang setzte. "Jetzt! Nicht!", schrie es in mir. Dann kam mein Augenlicht langsam wieder. Ein wenig unklar, aber ich konnte sehen. Nachdem ich die heruntergefallene Brille wieder aufgesetzt hatte, war es immer noch nicht perfekt, wurde aber besser. Leider kam auch die Übelkeit wieder, und als ich mich aufrichten wollte, konnte ich nicht verhindern, dass ich mich übergab. Dabei atmete ich noch mehr Gas ein, und die Übelkeit wurde umso schlimmer.

Verdammt. Beherrsch' dich!

Unter großen Anstrengungen gelang es mir, mich zusammen zu reißen und aufzustehen. Ein leises, zischendes Geräusch erlangte meine Aufmerksamkeit. Es kam vom Herd. Ein kurzer Blick zeigte, dass sich die Regler alle in Nullstellung befanden. Bernd hatte also nicht einfach das Gas aufgedreht. Vermutlich hatte er wirklich die Zuleitung irgendwo beschädigt, damit alles möglichst authentisch wirkte.

Obwohl ich es eilig hatte, ging ich die verbleibenden Schritte zum Fenster sehr langsam. Wenn ich noch einmal hinfiel, würde ich vielleicht nicht mehr aufstehen können.

Zum zweiten Mal erfasste ich den Griff des Fensters, und wollte ihn herumdrehen. Doch meine Kraft reichte nicht aus. Dunkel konnte ich mich daran erinnern, dass er schon immer sehr schwergängig gewesen war. Und jetzt hatte ich sowohl Chloroform als auch Gas in der Blutbahn, war gerade so hart auf den Kopf gefallen, dass ich immer noch nicht ganz klar sah, und hatte nicht einmal den Sturz vom Vortag richtig verdaut.

Ich fasste mit beiden Händen zu, und merkte, dass mein Gehirn schon wieder in den Abgrund der Ohnmacht wandern wollte. Ich beherrschte mich, um nicht aus Reflex tief einzuatmen. Damit hätte ich mich nur weiter mit Gas voll gepumpt.

Für zwei oder drei lange Sekunden wurde es schwarz vor meinen Augen. "Klapper, klapper, rassel", gaukelte mir mein Hirn die Szene von dem abbruchreifen Haus vor.

Dann fing sich mein Kreislauf wieder. Mir wurde klar, dass dies vielleicht das letzte Mal war, dass ich es schaffte, nicht völlig wegzutreten.

Ich legte alle Kraft, die ich irgendwie zusammenbringen konnte, in meine beiden Hände, um den Hebel zu drehen. Da bewegte er sich. Erst war es nur ein kleines Stück. Das gab mir aber soviel Hoffnung, dass ich über mich hinaus wuchs. Mit einem Ruck riss ich den Griff in die Stellung, in der sich das Fenster aufziehen lassen würde. Dann ließ ich mich erschöpft einfach nach hinten fallen, und riss dabei das Fenster mit mir.

Der Schwall frischer Luft tat gut. Dennoch musste ich einen Moment verharren, bevor ich mich wieder bewegen konnte. Mit dem Rücken an den Küchenschrank gelehnt hing ich noch immer an dem Fenstergriff.

Dann passierte das Unfassbare. Fast gleichzeitig spürte ich den heißen, stechenden Schmerz in den Händen und hörte den Knall. Meine Finger verloren jegliche Kraft und rutschten von dem Fenstergriff ab. Sofort fiel ich nach unten. Zum Glück bremste der Schrank in meinem Rücken den Fall, so dass ich nicht erneut mit voller Wucht auf den Boden schlug.

Verdammt. Bernd musste draußen gewartet und das Fenster beobachtet haben.

Ich hörte einen weiteren Schuss. Auf wen schoss er jetzt?

Es war erstaunlich, was ein Adrenalinschub bewirken konnte. Plötzlich war ich vollkommen klar im Kopf. Als ich mich umsah, konnte ich keine Veränderung zu vorher erkennen. Niemand war aufgestanden. Alle schienen noch immer bewusstlos zu sein.

Ein dritter Schuss. Putz bröckelte von der Decke. Jetzt wurde mir klar, was er vorhatte. Er hoffte darauf, dass die einschlagende Kugel einen Funken entwickelte, und so das Gas zum Explodieren brachte. Bernd musste völlig verrückt geworden und in Panik geraten sein, als er mich am Fenster gesehen hatte. Die ganze Nachbarschaft konnte die Schüsse hören. Irgendwer würde die Polizei rufen. Das musste auch Bernd klar sein.

Jetzt kamen drei Schüsse hintereinander. Bei jedem einzelnen Knall zuckte ich zusammen und erwartete die tödliche Hitze der Explosion. Sie kam nicht.

Ob Bernd durch Zufall eine der Personen am Tisch treffen konnte? Das wäre entsetzlich.

Ich musste irgendwas tun, musste ihn ablenken. Aber wie? Wie viel Schuss hatte er überhaupt? Hatte er Ersatzmunition zum Nachladen dabei, oder waren wir gerettet, sobald das Magazin leer war?

Da ich auf keine dieser Fragen eine Antwort hatte, musste ich vom Schlimmsten ausgehen.

Ich kniete mich vor das Fenster und hob eine Hand hoch. Erst jetzt sah ich, dass sie entsetzlich blutete. Der Schmerz wurde noch von den Schutzfunktionen meines Körpers unterdrückt. Das musste ich ausnutzen, solange es noch ging.

Kaum war meine rot gefärbte Hand von draußen zu sehen, kamen wieder zwei Schüsse. Beide verfehlten ihr Ziel. Auch eine Explosion blieb aus. Langsam bewegte ich die Hand von einer Seite zur anderen. Aber Bernd feuerte nicht mehr. Zwei Möglichkeiten: Er musste nachladen, oder er hatte überhaupt keine Munition mehr. Im zweiten Fall waren wir so gut wie gerettet. Im ersten musste ich dafür sorgen, dass er mit dem nächsten Magazin nicht doch noch die Explosion herbeiführte.

Mein Handeln war jetzt nur noch von dem Wunsch geprägt, die Menschen in Sicherheit zu bringen, die mir helfen wollten. Jeder Gedanke an meine eigene Sicherheit war wie ausgeschaltet.

Ich stand auf und sah nach draußen. Das Küchenfenster befand sich auf der Rückseite des Hauses. Hier blickte man in den Garten, dessen Ende von einer Reihe mittelgroßer Bäume markiert wurde. Einen winzigen Moment lang war mir, als würde sich hinter einem der Bäume ein Schatten bewegen. Es konnte aber auch Einbildung gewesen sein. Da ich sonst niemanden sah, hielt ich den Baum zunächst für Bernds Versteck.

Ich blickte kurz zurück zum Tisch. Konnte ich sie alleine lassen? Gas war leichter als Luft, und stieg daher auf. Bei geöffnetem Fenster sollte in der Höhe ihrer Gesichter ausreichend Sauerstoff vorhanden bleiben.

Da war der Schatten wieder. Jetzt glaubte ich, dass er sich mir zuwandte. Genau konnte ich es nicht erkennen, weil er zu einem großen Teil mit dem Schatten eines Baumes verschmolz. Wenn ich jetzt nicht handelte, würde es zu spät sein.

Ich stützte mich mit den Händen, aus denen noch immer viel Blut floss, am Fensterrahmen ab, und machte einen riesigen Satz durch die Fensteröffnung. Dass ich zu einem solchen Sprung überhaupt in der Lage war, hätte ich mir noch nicht einmal in unverletztem Zustand zugetraut. Doch irgendwie schaffte ich es. Draußen ließ ich mich gleich auf den Boden fallen, und verlor dabei fast die Brille. Im letzten Moment konnte ich sie gerade noch mit der linken Hand festhalten, wobei ich ein Glas leicht mit Blut verschmierte.

Nun befand ich mich zwischen dem Haus und einer langen, aus Steinen gemauerten Wanne, in der Blumen und Büsche gepflanzt waren. Ich war keine Sekunde zu früh. Gleichzeitig mit vier Pistolenschüssen splitterte knapp über mir der Putz vom Haus. Gut. Er schoss also nicht mehr durch das Fenster, um die Gasexplosion herbei zu führen. Jetzt war er auf mich fixiert.

Vorhin hatte er acht Schuss gehabt. Das war die Anzahl, auf die ich mich einstellte.

Mit der linken Hand reichte ich nach oben und ergriff den Stamm eines Busches, der in der Blumenbank wuchs. Jetzt setzte sich der Schmerz durch, und mir schossen die Tränen in die Augen. Auch meine rechte Hand tat jetzt weh, aber die linke war durch die Berührung mit der Pflanze schlimmer. Trotzdem rüttelte ich an der Pflanze so doll es ging. Der gewünschte Erfolg stellte sich unmittelbar in Form von vier weiteren Schüssen ein.

Das waren zusammen acht. Sein Magazin musste leer sein. Ungeachtet meiner Schmerzen drückte ich mich hoch und sprintete los, um mich ein paar Meter weiter hinter der nächsten Pflanzenvorrichtung zu verstecken. Diese war ein Ebenbild von der, die ich eben schon als Deckung benutzt hatte. Der Länge nach kauerte ich mich dahinter.

Es war erstaunlich, dass ich mich überhaupt noch bewegen konnte, so wie meine verschiedenen Körperregionen schmerzten.

Ich genoss die frische Luft und atmete ein paar Mal tief durch. Das tat gut. Aber das Flackern in meinen Augen wollte einfach nicht verschwinden. Es wurde immer schlimmer, als ob ich im Schein eines Lagerfeuers sitzen würde. Lagerfeuer. Feuer? Ich drehte mich herum, um in Richtung Haus sehen zu können. Hinter mir befand sich die vollverglaste Front vom Wohnzimmer. Und was ich sah, erfüllte mich mit blankem Entsetzen: Ein Teil des Wohnzimmers stand in Flammen! Bernd musste Zweifel daran gehabt haben, dass genügend Gas aus der Küche zum Wohnzimmer kommen würde. Vielleicht hatte er ein Blatt Papier so gegen die Kerze gelehnt, dass es sich entzündet hatte, nachdem die Kerze weit genug heruntergebrannt war. Oder er hatte sich einen ähnlich funktionierenden Mechanismus einfallen lassen.

Noch hatte das Feuer nicht auf die Tapeten übergegriffen, aber es war nur eine Frage der Zeit. Sobald das geschehen war, würde es nicht mehr lange dauern, bis sich das Feuer auch im Flur ausbreitete und sich dann langsam den Weg zur Küche bahnen würde.

Jetzt ging es um zwei Dinge: zum einen Bernd ablenken, und zum zweiten die anderen aus der Küche zu holen.

Und noch etwas wurde mir bewusst: Wenn Bernd jetzt auf mich schoss, würden die Wohnzimmerscheiben zu Bruch gehen. Die zusätzliche Luftzufuhr würde das Feuer in hohem Maße anfachen, und seinen Weg zur Küche wesentlich beschleunigen. Ich musste sofort weg hier, egal was es kostete.

Hatte Bernd schon nachgeladen? Nicht darüber nachdenken, du verschwendest nur Zeit, sagte ich mir. Ohne mich nach meinem Gegner umzuschauen, stand ich auf und sprintete los. Es waren noch etwa acht Meter bis zur Hausecke, dann konnte ich endgültig aus Bernds Blickfeld verschwinden. Auf den ersten Metern passierte nichts. Vielleicht war ihm jetzt ja wirklich die Munition ausgegangen.

Ich wähnte mich schon in Sicherheit, weil ich bereits die Hausecke erreichte, als der Knall in meinen Ohren dröhnte und meine linke Schulter nach vorne gestoßen wurde. Es war wirklich so, als hätte jemand von hinten dagegen geschlagen. Mit diesem zusätzlichen Schub stolperte ich um die Ecke. Bernd feuerte noch einige Male, doch ich war nicht mehr in seinem Schussfeld. Leider versäumte ich es, mitzuzählen, wie oft er von seiner Waffe Gebrauch gemacht hatte.

Meine Lunge schien nicht in Mitleidenschaft gezogen worden zu sein, denn ich konnte problemlos atmen. Nach der Wunde an der Schulter zu fühlen, erachtete ich mit meinen ebenfalls verwundeten Händen als sinnlos. Da es mich nicht umgeworfen hatte, rechnete ich damit, dass es nur ein Streifschuss war.

Ich hatte mich von dem Schreck des neuen Treffers noch nicht erholt, als ich die dumpfen Laute vernahm, die ein rennender Mensch auf dem Gartenboden verursachte. Natürlich! Warum sollte Bernd nicht einfach hinter mir her rennen? Er wusste ja, dass ich unbewaffnet war und mich nicht wehren konnte. Wieso sollte er also Vorsicht walten lassen?

Wieder sprintete ich los. Gehetzt blickte ich mich um, konnte aber noch nichts von Bernd entdecken. Sicher kam ich um die nächste Ecke des Hauses, und befand mich nun auf der Vorderseite.

Und da war es endlich, das erlösende Geräusch von Polizeisirenen. Würde es Bernd davon abhalten, mich weiter zu verfolgen? Ich konnte es nur hoffen, denn ich musste mich um meine Freunde kümmern.

Die Frage danach, wie ich ins Haus kommen sollte, beantwortete ich instinktiv. Da ich mir ziemlich sicher war, dass die Haustür abgeschlossen sein würde, blieb nur ein Fenster.

Ohne weiter zu überlegen hob ich einen großen Stein auf und schlug die Scheibe zum Arbeitszimmer ein. Mit einigen weiteren Hieben entfernte ich die scharfkantigen, herausstehenden Glasreste. Noch ein panischer Blick zur Hausecke, hinter der aber niemand auftauchte, dann kletterte ich ins Haus. Dabei hinterließ ich hässliche, rote Flecken am Fensterrahmen. Ich kümmerte mich nicht darum und stürmte in den Flur. Der hatte sich bereits mit dichtem Rauch gefüllt. Deshalb lief ich noch einmal zur Tür des Arbeitszimmers zurück, um dort ausgiebig Luft zu schnappen.

Während die Polizei jetzt schon sehr nahe sein musste, wurde mein schlimmster Albtraum wahr. Plötzlich stand Bernd draußen vor dem Fenster, die Pistole direkt auf mich gerichtet, das Gesicht zu einer grässlichen Grimasse verzerrt. Er drückte ab. Klick. Klick, klick. Sein Magazin war leer. Noch immer von dem Entsetzen wie versteinert, blieb ich stehen und starrte ihn an. Eine endlos lange Sekunde blickten wir uns direkt in die Augen.

Dann sagte ich: "Ich habe gewonnen, Bernd."

Von der Straße drang das schrille Quietschen von Autoreifen. Auch Bernd schien endlich zu begreifen, dass die Polizei bereits vor dem Haus stand. Mit einem Ruck drehte er sich herum und verschwand in die Richtung, aus der er gekommen war.

Ich pumpte meine Lungen voll Luft und lief wieder in den verqualmten Flur. Teile der Tapeten brannten bereits. Auch das kleine Telefontischchen neben der Wohnzimmertür stand in Flammen.

Vor der Küchentür blieb ich stehen. Was würde passieren, wenn ich sie öffnete? Noch gab es keine Flammen direkt an der Tür. Wie schnell würde das Gas aus der Küche zu den Flammen strömen?

Dann fiel mir ein, dass sich das Gas im oberen Teil der Küche sammelte, da es leichter als Luft war. Ebenso wie sich hier im Flur die Hitze oben sammelte, da auch heiße Luft leichter war als kalte. Wenn ich die Tür öffnete, würde der Luftaustausch vermutlich so sein, dass zunächst das Gas von der heißen Flurluft nach draußen verdrängt wurde.

Um mich herum war jetzt soviel Rauch, dass ich kaum Luft bekam, diese aber langsam dringend benötigte. Ich musste einfach schnell genug sein. Also gab ich mir einen Ruck, öffnete die Tür, gerade soweit, dass ich hindurch passte, und schlüpfte in die Küche. Sofort schloss ich die Tür hinter mir. Der Gasgeruch war noch immer deutlich wahrzunehmen, aber es kam auch genügend frische Luft durch das Fenster, so dass ich keine Angst haben musste, das Bewusstsein zu verlieren.

Dafür stand mir der nächste Schock bevor. Ein wahnsinnig dreinblickender Bernd stand draußen vor dem Fenster, die Pistole auf eine der Personen am Tisch gerichtet.

"Wenn ihr bei drei nicht alle verschwunden seid, töte ich die erste Geisel!", rief er. Die Polizei musste ihn gestellt haben, und seine einzige Chance war es offenbar gewesen, meine noch immer betäubten Freunde als Geiseln zu benutzen.

Jemand antwortete irgendwas, aber ich konnte es nicht verstehen. Gleichzeitig wurde mir schwarz vor Augen. Ich verlor für einen Moment die Kontrolle über meinen Körper und brach zusammen. Mittlerweile musste ich eine Menge Blut verloren haben.

Als ich wieder zu mir kam, wusste ich nicht, wie viel Zeit vergangen war. Gefühlsmäßig hätte ich gesagt, dass es nur einige Sekunden gewesen waren, aber es musste länger gewesen sein. Bernd war mittlerweile durch das Fenster herein geklettert. Er stand nicht nur in der Küche, sondern direkt über mir.

"Komm hoch, Uwe", sagte er. Während er mich mit einer Hand am Kragen packte und hoch zerrte, zielte er mit der Pistole in der anderen Hand direkt auf meinen Kopf.

Das schnelle Aufstehen trieb mir das Blut aus dem Kopf, und mir wurde wieder schwarz vor Augen. Bernd stieß mich voran. Hätte er mich nicht festgehalten, wäre ich gestürzt. Nach wenigen Schritten stieß ich mit den Beinen und mit dem Unterleib heftig gegen einen massiven Widerstand und stöhnte auf. Langsam sah ich wieder etwas. Wir waren beim Fenster angelegt.

"Los, raus!", befahl Bernd.

Ich war nicht mehr in der Lage zu klettern. Ihm war das völlig egal. Er warf mich kurzerhand hinaus. Als ich draußen auf dem Boden landete, verlor ich wieder kurz das Bewusstsein.

Das nächste, was ich erlebte, glich beinahe einem Déjà-vu: Bernd packte mich am Kragen und zerrte mich hoch. Ich fühlte mich elend. Wenn es das Gefühl gab, gleich sterben zu müssen, dann musste es genau dem entsprechen, was ich jetzt fühlte.

Dabei meine ich nicht die Pistole, die Bernd mir an die Schläfe hielt, sondern mein körperliches Befinden.

Bernd stand jetzt hinter mir, hielt mich weiter am Kragen, und ließ mich das kalte Metall des Pistolenlaufs am Kopf spüren.

"Wenn du ganz viel Glück hast, überlebst du es noch", flüsterte er. "Wenn du Pech hast, bauen die Bullen Mist."

Grob drängte er mich nach vorne. Er lief mit mir um das Haus herum und ging direkt zur Straße. Dort stand ein einzelner Streifenwagen, hinter dem ein Polizist und eine Polizistin Stellung bezogen hatten. Beide hielten ihre Waffe auf uns gerichtet.

"Startet den Wagen und verzieht euch dann!", rief Bernd ihnen zu. Tatsächlich ließ der Polizist den Motor des Einsatzfahrzeuges an. Dann gingen die beiden Beamten langsam rückwärts. Das machten sie äußerst geschickt, denn während der Mann nach rechts lief, ging die Polizistin in die entgegengesetzte Richtung. Dabei ließen sie ihre Waffen weiter in unsere Richtung zeigen.

Langsam näherten wir uns dem Wagen. Entweder ich handelte jetzt, oder Bernd würde mich als Geisel mitschleppen. Vermutlich würde ich in der nächsten halben Stunde verbluten.

Außerdem wurde es Zeit, die anderen aus dem Haus zu bekommen. Wie weit würde das Feuer schon sein? Und wie lange hielt die Betäubung bei den anderen noch an?

Ich riss mich zusammen und mobilisierte die letzten Reserven in meinem Körper. Wachsam beobachtete ich durch meine schief sitzende Brille was passierte.

Bernd stand ein wenig rechts hinter mir. Ich nahm an, dass er vor dem männlichen Polizisten mehr Angst hatte, und ihm entsprechend mehr Aufmerksamkeit schenkte. Doch ich konnte erkennen, dass auch die Frau unter Hochspannung stand, und scheinbar nicht einmal blinzelte, damit ihr nichts entging.

Zum wirklich klaren Denken war ich schon längst nicht mehr in der Lage. Es kamen nur noch jähe Eingebungen, nach denen ich handelte.

Ich blickte der Polizistin fest in die Augen, und spürte, dass sie den Blick erwiderte. Vorsichtig nahm ich meine linke Hand etwas weiter herauf, so dass sie sich vor meinem Bauch befand.

Dann zeigte ich unter großen Schmerzen drei Finger, wobei ich nur hoffen konnte, dass Bernd nichts bemerkte.

Nun ballte ich eine Faust, so dass keine Finger mehr zu sehen waren. Kurz darauf ließ ich meine Finger zählen. Zunächst zeigte ich meinen Daumen, dann zusätzlich meinen Zeigefinger. Ich erahnte, dass die Polizistin sich noch mehr spannte, und noch aufmerksamer wurde. Im gleichen Moment, als mein Mittelfinger die Zahl Drei vervollständigte, ließ ich mich einfach nach unten fallen. Dabei zog ich beide Füße mit aller Macht vom Boden, so dass mein volles Körpergewicht zum Tragen kam. Ich hatte noch nicht den Grund berührte, als ich mehrfach das Mündungsfeuer aus der Waffe der Polizistin auf mich zublitzen sah. Während ich hart auf dem Boden aufschlug konnte ich spüren, wie Bernds Körper nach hinten gerissen wurde. Kurz darauf erklang hinter mir eine fürchterliche Detonation, die die Erde zum Beben brachte. 'Petra', dachte ich noch, dann wurde es endgültig dunkel.

Als ich zwei Tage später aus dem Koma erwachte, lag ich einsam in einem Einzelzimmer. Aus einer Flasche über mir, die ich ohne Brille nur schemenhaft erkannte, tropfte eine Flüssigkeit, die durch einen Schlauch in meine Blutbahn gelangte. Ein Gerät in der Nähe piepste in regelmäßigen Abständen, und ich nahm an, dass es meine Herzschläge wiedergab.

Ich lebte. Meine Güte, hatte ich das wirklich alles erlebt? Und hatte ich tatsächlich all diese Dinge getan, und mich gegen Bernd behauptet?

Bernd. Er war vermutlich tot. Dunkel konnte ich mich daran erinnern, dass die Polizistin geschossen hatte. Und dann... dann gab es diesen entsetzlich lauten Knall.

Das Gas. Es musste doch noch explodiert sein! Petra! Petra, Marion und Frank hatten noch in dem Haus gesessen!

Der Gedanke daran raubte mir fast den Verstand, aber ich war nicht in der Lage zu weinen. Ich lag einfach nur da, konnte an nichts mehr denken, und versank in einer dumpfen Trauer.

Vielleicht waren nur Minuten vergangen, vielleicht waren es auch Stunden, bis die Krankenschwester mein Zimmer betrat. Mein Gefühl für Zeit hatte mich verlassen.

"Oh, der junge Mann ist wach!", freute sie sich. "Willkommen im Leben." Sie trat an mein Bett und strahlte mich an. Dann schien sie meinen Gesichtsausdruck zu bemerken und sagte: "Oh, es geht Ihnen ja gar nicht gut. Ich gebe Ihnen gleich noch etwas gegen die Schmerzen. Aber erst möchte ich Ihren Blutdruck messen."

Sie nahm das Messgerät von einem Platz, den ich nicht einsehen konnte, und legte mir den Gurt um den rechten Oberarm.

"Die Schmerzmittel werden meinem Herz nicht helfen, Schwester", sagte ich leise mit heiserer Stimme.

Sie zog verständnislos die Stirn kraus und antwortete: "Ach, Unsinn, gleich kommt Ihre Freundin zu Ihnen, dann sieht die Welt wieder ganz anders aus."

Meine Freundin? Wen konnte sie meinen?

"Meine Freundin ist tot, Schwester."

Jetzt lachte sie auch noch. "Ja, todmüde vielleicht! Nachdem sie auch nach 36 Stunden nicht dazu zu bewegen war, sich schlafen zu legen, ist sie vom Stuhl gekippt, auf dem sie hier an Ihrem Bett saß. Wir haben sie daraufhin auf eine Liege gelegt, wo sie im Moment den Schlaf der Gerechten schläft. Aber ich werde sie gleich wecken."

Tausend Gedanken schossen mir durch den Kopf. Konnte es sein, dass Sandra sich als meine Freundin ausgab? Dachte sie, damit könnte sie ihre Hände in Unschuld waschen? Vielleicht hoffte sie, dass ich nie wieder zu Bewusstsein kam. Dann konnte sie der Polizei jede beliebige Geschichte auftischen.

"Ihr Blutdruck ist nicht gerade sportlich, aber das wird schon wieder." Mit geübten Händen nahm sie das Gerät von meinem Arm und legte es weg. Dann verließ sie das Zimmer mit den Worten: "Ich hole jetzt Ihre Freundin."

Ich hätte die Schwester nach meiner Brille fragen sollen, so lag ich hilflos auf meinem Bett und wartete. Es vergingen mindestens zehn Minuten, bevor sich die Tür wieder öffnete. Zunächst erahnte ich nur die Schwester, die als Erste das Zimmer betrat. Dann kam... Petra! Sie bewegte sich sicher und schien völlig unversehrt!

"Uwe!" Sie kam mit schnellen Schritten an mein Bett, küsste mich sanft auf den Mund, und drückte dann ihre Wange an die meine. So blieben wir eine Weile. Im Hintergrund hörte ich, wie die Tür geschlossen wurde. Die Schwester hatte uns alleine gelassen.

Als wir uns endlich voneinander lösten, fragte ich sie erst einmal nach meiner Brille. Die, so berichtete mir Petra, war bei meinem letzten Sturz endgültig kaputt gegangen. Danach zog sie ein Brillenetui aus ihrer Handtasche, in der sich meine Brille, oder genauer, was davon übrig war, befand. Der linke Bügel war abgebrochen und das linke Glas hatte einen Sprung. Um die Reparatur würde ich mich später kümmern. Im Moment half sie mir jedoch, um einmal mehr Petras Schönheit zu bewundern.

Dann wollte ich wissen, wie sie heil aus dem Haus gekommen war.

"Das ist Franks Verdienst. Er ist zu sich gekommen, als Bernd dich aus dem Fenster geworfen hatte. Die frische Luft hatte ihn langsam wiederbelebt. Wie schön, dass du wiederbelebt bist! Das macht mich so glücklich!" Sie küsste mich erneut. Typisch Frau – warum können sie nicht einfach eine Geschichte zu Ende erzählen? Ich platzte vor Neugier. Dann fuhr sie fort: "Zunächst war Frank noch zu benommen, um sich auf Bernd zu stürzen. Aber es wurde schnell besser. Nachdem auch dein Kollege aus dem Fenster gestiegen war, stand er auf und bemerkte das Feuer im Flur. Dann hatte er sehr schnell reagiert. Er nahm Marion über die eine, und mich über die andere Schulter, und brachte uns nach draußen. Mein Gott, ich war noch nie so froh, einen solchen Bären als Bruder zu haben! Draußen trug er uns vorsorglich weit genug. Ich bin von der Explosion wach geworden."

"Dann geht es auch Marion und Frank gut?"

"Sie sind beide wohlauf. Uwe, du hast uns allen das Leben gerettet. Es ist uns ein Rätsel, wie du das gemacht hast."

Nun war es an mir zu erzählen, was passiert war, nachdem Sandra sie chloroformiert hatte. Als ich bei dem Punkt angelangt war, an dem ich das Bewusstsein verloren hatte, vollendete Petra wiederum die Geschichte.

Die Polizistin, die Florence Charmond hieß, wie ich jetzt erfuhr, hatte meine Fingerzeichen richtig gedeutet. Im gleichen Moment, in dem Bernds Waffe nicht mehr direkt auf meinen Kopf zeigte, drückte sie ab. Mein Ex-Kollege war sofort tot.

Sandra war nicht wieder aufgetaucht. Nach ihr wurde gefahndet. Eine Überprüfung hatte zahlreiche Dinge ergeben, die mich sehr schockierten.

Im Gegensatz zu meinen Vorstellungen war Sandra bei der Polizei keine Unbekannte. Ihre Vorstrafen, die alle bereits einige Jahre zurücklagen, sahen mehr nach den Delikten eines Mannes aus: Körperverletzung, Drogenverkauf, Betrug und Erpressung.

Sie war ein komplett anderer Mensch als der, für den ich sie gehalten hatte. Wie konnte man sich so irren?

Bei dem Erpressungsdelikt war auch Bernd involviert gewesen, allerdings konnte man ihm keine Mittäterschaft nachweisen. Immerhin konnte hieran nachvollzogen werden, dass die beiden sich seit mindestens sechs Jahren kannten.

Man ging davon aus, dass große Teile des Geldes, das Bernd in seiner Firma scheinbar gewaschen hatte, ebenfalls aus Drogengeschäften und Betrügereien stammten. Beweisen konnte man das allerdings nicht.

Auch bei Bernd überlegte ich mir, wie sehr man sich in einem Menschen täuschen konnte. Mal ganz abgesehen von Stefan, der hinter meinem Rücken mit Sandra zusammen gewesen war, und bei Bernd einen Erpressungsversuch unternommen hatte. Ich wusste nicht mehr, was ich noch glauben sollte und was nicht.

Dafür hatte sich mein Bild von Petra weiter zum positiven gewandelt. Oder irrte ich mich schon wieder... ?